Mahmud Doulatabadi

Nilufar

Zu diesem Buch

Ein alter Mann im grauen Regenmantel irrt durch die Straßen einer europäischen Großstadt. Er setzt sich in ein Kaffeehaus, zieht ein zerknittertes Notizbuch aus der Tasche, liest und schreibt. Er versucht, seiner Erinnerungen an Nilufar Herr zu werden. Eines Tages war sie ihm wie eine Taube zugeflogen und hatte sich ganz einfach neben ihm auf die Parkbank gesetzt. Ein rätselhaftes Gefühl uralter Liebe, Freundschaft und Einheit verband die beiden. Im Glanz ihrer lebenssprühenden Augen fand er sein Leben wieder. Sie, und nur sie, konnte sein Schweigen brechen. Warum hat er sie wieder verloren?

Mahmud Doulatabadi erzählt von der Macht einer Liebe, die an noch größeren Mächten scheitert: an den Zwängen einer traditionellen Familie, der politischen Starre und am eigenen Unvermögen.

Der Autor

Mahmud Doulatabadi, geboren 1940 im Nordosten Irans, arbeitete in der Landwirtschaft und als Handwerker. Später absolvierte er die Theaterakademie in Teheran und war eine Zeit lang Schauspieler. Aus politischen Gründen war er zwei Jahre in Haft. Mahmud Doulatabadi gilt als bedeutendster Vertreter der zeitgenössischen persischen Prosa.

Der Übersetzer

Bahman Nirumand, geboren 1936 in Teheran, studierte in Deutschland und promovierte 1960 über Bertolt Brecht. Im Iran war er Dozent an der Teheraner Universität, musste jedoch ins Exil gehen. Er lebt als Schriftsteller und Publizist in Berlin.

Mahmud Doulatabadi

Nilufar

Roman

Aus dem Persischen von Bahman Nirumand

Unionsverlag

Die Originalausgabe erschien 2003 unter dem Titel
Ssolouk im Verlag Tscheschmeh, Teheran.
Die Übersetzung aus dem Persischen wurde mit Mitteln der Schweizer Kulturstiftung Pro Helvetia unterstützt durch litprom – Gesellschaft zur Förderung der Literatur aus Afrika, Asien und Lateinamerika e.V.
Die deutsche Erstausgabe erschien 2013 im Unionsverlag, Zürich

Im Internet
Aktuelle Informationen, Dokumente, Materialien
zu Mahmud Doulatabadi und diesem Buch
www.unionsverlag.com

Unionsverlag Taschenbuch 752

Neptunstrasse 20, CH-8032 Zürich
Telefon +41 44 283 20 00
mail@unionsverlag.ch

Reihengestaltung: Heinz Unternährer
Umschlag: Tanat Loungtip
Umschlaggestaltung: Heike Ossenkop
Druck und Bindung: CPI – Clausen & Bosse, Leck
ISBN 978-3-293-20752-3

Auch als E-Book erhältlich

Er sieht diesen alten Mann, der im Nebel geht, aber genau erkennen kann er ihn nicht. Eine leise Ahnung sagt ihm, er müsste ihn kennen. Er grübelt und grübelt, aber er kann sich kein klares Bild von ihm machen, keine Erinnerung an ihn wachrufen. Woher kommt dieses Gefühl, dass er ihn kennen müsste, ihn kenne oder gekannt habe? Warum bohrt diese Neugierde so in ihm? Er beschleunigt seine Schritte, will dem alten Mann näher kommen. Aber auch der Mann beschleunigt, scheinbar achtlos, seinen Gang im Gleichschritt mit ihm, so dass der Abstand zwischen ihnen gleich bleibt. Gheiss kommt dem alten Mann nicht näher. Er muss also die Hoffnung aufgeben, ihn einzuholen, vielleicht auch mit ihm zu reden, ihm ins Auge zu schauen und beim Austausch eines höflichen Grußes seine Stimme zu hören.

Er vermutet, dass der alte Mann, der mit gesenktem Kopf durch den Nebel geht, nicht gesprächig ist. Eine in Herbstnebel gehüllte Stadt in Europa, trübes, drückendes Wetter, ein Mensch läuft gekrümmt an einer alten, feuchten, moosbewachsenen Mauer entlang. Die verwitterte Mauer trennt die lange Straße vom Friedhof, und so ist es nicht erstaunlich, dass die schattenhafte, gekrümmte, uneinholbare Gestalt, die sich vor ihm in immer gleicher Distanz gegen den düsteren Himmel abzeichnet, so wirkt, als trage sie eine besondere Bedeutung.

Gheiss weiß, dass ihn mehr als gewöhnliche Neugier zu diesem Mann hinzieht. Er ist sich sicher, dass er diesen Mann gleich wiedererkennen wird. Durch den Nebel und den Nieselregen hindurch betrachtet, wirkt es, als habe der Mann seinen Mantelkragen hochgeschlagen, um den tief zwischen die knochigen Schultern gesenkten Kopf vor dem kalten Wind zu schützen, aber auch damit sein Starren auf die Erde, auf die fahlen Pflastersteine nicht auffällt. Gheiss spürt, dass der Mann nicht daran interessiert ist, andere Menschen zu sehen. Sonst würde er nicht in einer Stadt, die so viele Sehenswürdigkeiten zu bieten hat, auf einer verlassenen Straße den Friedhof entlanggehen, die Hände tief in die Taschen vergraben. Er geht so gekrümmt, dass man meinen könnte, er habe einen Buckel. Gheiss spürt förmlich, wie er in den Taschen die Finger zur Faust geballt hat, wie seine Adern angeschwollen sind. Er erinnert sich: In solchen Situationen hat er selbst früher die Zähne gegeneinandergepresst, bis die Fältchen um seine Augenhöhlen zu tiefen Kerben wurden, die für jedermann sichtbar waren. Sicher ist der Mann auch blass geworden, bleich wie nie zuvor. Es sieht ganz danach aus, dass dieser Mann er selbst ist.

Die Anzeichen müssten genügen, damit du diesen alten Bekannten wiedererkennst. Du bist ihm doch in verschiedenen Phasen deines Lebens begegnet. Er war es doch, der vor zwei, drei Jahren seinen Personalausweis verloren hat und in seiner ganzen Verwirrung und Orientierungslosigkeit seltsam gefasst wirkte. Vielleicht weil er wusste, dass man, wenn das Alter erreicht ist, in gewissen Situationen die Erinnerung verliert, sodass sogar der eigene Namen entschwindet.

Ja, allmählich kam Gheiss dem Mann auf die Spur. Oder konstruierte er nur das Phantombild eines Menschen, dem er im Laufe seines Lebens tatsächlich begegnet war? Wer war das bloß? Ja, er kannte diesen grimmigen Mann. Er durfte ihn keine Sekunde aus den Augen lassen und beschleunigte noch einmal seine Schritte, um ihn einzuholen. Aber es war nicht möglich …

Wie Gheiss es vermutet hatte, ging der alte Mann in den Friedhof. Gheiss verfolgte ihn wie sein Schatten. Die hochragenden Bäume mit ihren dürren Ästen streiften die Wolken. Der Alte achtete nicht auf sie. Er interessierte sich auch nicht für die Grabsteine. Mit schweren Schritten ging er über den mit Kieselsteinen bedeckten Weg und blieb dann unvermittelt stehen. Auch Gheiss hielt unwillkürlich inne. Dann lief er weiter, weil auch der alte Mann weiterlief. Einige Schritte entfernt befand sich eine Bank. Ob der alte Mann sich setzen würde? Er setzte sich. Auch Gheiss setzte sich. Wie erschöpft er ist, dachte Gheiss. Hat er einen weiten Weg hinter sich? Sicher hat der Alte ein starkes Verlangen nach einer Zigarette. Gheiss spürte es.

Ja, der alte Mann griff in seine Brusttasche, zündete

sich eine Zigarette an und legte ein Bein über das andere. Um auf einer Bank oder einem Stuhl bequem zu sitzen, musste er ein Bein über das andere schlagen, das linke über das rechte. Und dazu eine Zigarette … aber Zigarettenrauch stört immer irgendjemanden.

Sie sitzt neben ihm auf der Parkbank, ein wenig schräg, das Gesicht Gheiss zugewandt. Sie lacht, wie eine Blume, wenn eine Blume lachen könnte. Ihre dunklen Pupillen glänzen, wie der Glanz der sinkenden Sonne auf den zarten Wellen eines Teichs: »Puh, so viele Zigaretten!« Sie verwedelt mit der linken Hand wie mit einem Fächer den Rauch vor ihrem Gesicht. So viel Grazie, noch in der kleinsten Bewegung … Das Leben sprüht aus ihren Wangen. Leben, das glüht und lodert. Sie sitzt neben ihm. Zwei Passanten gehen an ihnen vorbei und grüßen Gheiss. Er merkt es nicht. Aber die Frau wird lebhaft, es bricht aus ihr heraus: »Wie ehrenvoll es ist, so begrüßt und geachtet zu werden!«

Gheiss schaut sie an, zuckt die Achseln, als wäre er peinlich berührt, nickt. Sie kennt Gheiss, sie kennt ihn sehr gut. Oft sagt sie: »Niemand kennt dich so wie ich.« Und Gheiss schließt die Lider als Zeichen der Bestätigung. Sie müsste also wissen, dass ihm Ehrerweisungen nicht viel bedeuten. Manchmal schämt er sich sogar und wirkt verlegen. Er hat es ihr oft gesagt, wenn er mit ihr spazieren ging oder im Café oder Restaurant ihr gegenübersaß. Ehrerweisungen waren ihm unangenehm, er fühlte sich schon unwohl, wenn bei einem Treffen mit ihr andere dabei waren. Er hatte dann das Gefühl, er werde erdrückt und zerquetscht. Wenn andere Menschen auftauchten, packte er ihren Arm, als wolle er sie wegführen. »Was ist denn geschehen?«, fragte sie energisch. Nichts war geschehen, aber in seinem Inneren drückte ein alter Knoten, ein quälendes Gefühl aus vergangenen Zeiten. Vielleicht weil er sich bewusst war, wie erschöpft, bedrückt und verbraucht er aussah neben ihrer Frische und Lebendigkeit? Vielleicht. Aber das war nicht alles. Die Blicke der anderen lösten in ihm Angst und Unsicherheit aus. Man wird über ihn reden und tuscheln und sein Benehmen ganz und gar unpassend finden. Das war die Qual, und jeder Blick konnte die Verbitterung über gewisse Äußerungen, die er nie vergessen würde, wieder hochkommen lassen …

Doch sie ließ nicht zu, dass er in dieser bedrückten Stimmung begraben blieb. Schon mit dem nächsten Wort zog sie ihn mit ihrem blühenden Lächeln wieder aus der Gruft seiner Gedanken heraus. »Du bleibst immer, der du warst, ein gesunder, schöner, starker Mann.« Er wollte mit ihr reden, ihr ein guter Gesprächspartner sein, aber er schaffte es nicht. Er lächelte nur zurück und wusste selbst nicht weshalb. Warum war er überzeugt – und er ist es immer noch –, dass das Lächeln ihm ein unschönes Aussehen verleiht?

»Schon wieder eine Zigarette! Wie viele denn noch?«

Er warf den Stummel aus dem Fenster des Autos hinaus, kurbelte die Scheibe noch weiter nach unten, damit sie nicht auf den Gedanken käme, das Fenster auf ihrer Seite zu öffnen. Im herbstlichen Abendwind könnte sie sich erkälten. Der Rauch, den er im Auto durch Nase und Mund ausstieß, brachten sie wirklich zur Verzweiflung. Ihre Augen brannten. »Das ist die Letzte, die Allerletzte«, sagte er scherzhaft. Sie wusste, wie abhängig er von Zigaretten war, wie sehr sie Tag für Tag an ihm zehrten. Sie schaute ihn an mit einem ironischen Blick und einem Lächeln im Mundwinkel: »Wenn du zwischen mir und Zigaretten wählen müsstest, bin ich sicher, dass du dich für Zigaretten entscheiden würdest.« Gheiss wendete sein Gesicht ihr zu – sicher würde seine Haut sie jetzt an trockene Baumrinde erinnern – und verlor sich einen Augenblick in der dunklen Tiefe ihres Blicks. Er wäre darin versunken, hätte er nicht den Wagen lenken und nach vorn schauen müssen. Sie konnte ihn verstehen, die kleinsten, rasch wechselnden Nuancen seiner Stimmung nachfühlen. Sie legte ihre Hand auf seinen Handrücken und drückte sanft. Es war nur ein kurzer Augenblick, aber lang genug, um all ihre Sinne durch die Hand in seine Adern zu leiten.

Man stelle sich einen Herbsttag vor, zwischen Nachmittag und Abend, auf der Straße, die durch das Zentrum in den äußersten Süden der Stadt und zu der ältesten Brücke führt. Früher war da beidseits der Straße bis hin zur Brücke und dem Schlachthof keine einzige Hütte, nicht einmal eine Straßenlampe, die einen Fleck Erde hätte beleuchten können. Er hatte ihr erzählt, dass er an einem Sommerabend vom Schlachthof bis zu der Brücke gelaufen war und dabei laut gesungen hatte, aus Angst. Und auf dem Rückweg wieder, allerdings noch lauter, noch schneller, noch ängstlicher. Gar nicht einfach war das, überwältigt von Angst zu rennen und dabei zu singen!

»Es war lange bevor du geboren wurdest, vermutlich war damals Senemar noch im Gefängnis. Soweit ich mich erinnere, hatte damals im Irak Abd al-Karim Qasim einen Militärputsch gegen den König geführt. Dort hinter der Brücke gab es ein Teehaus, das sich Tabrisi nannte. Wie alt werde ich damals wohl gewesen sein? Und du? …«

Inzwischen waren sie wohl angekommen, auf dem alten Vierkuppeln-Platz nahe den Geschäften, Schaufenstern und Neonlichtern. Und immer, wenn sie dort waren, fragte er sie: »Möchtest du etwas kaufen?« Und sie antwortete: »Nein.« »Warum?«, fragte er dann, oder er schaute sie nur an. Und Gheiss hat nie, bis heute nicht, das rätselhafte Gefühl der Verbundenheit und Einheit begriffen, das sie ihm vermittelte mit jenem Blick, der erfüllt war von ihrer glasklaren Zufriedenheit, ihrer Zuneigung und Hinwendung. Noch immer spürt er diesen auf ihn gerichteten Blick, den keine Spur eines Hintergedankens trübte, der ihn dankbar machte und glücklich wie ein Kind. Wie war es möglich, dass der bescheidenste Wunsch von ihr, der zudem nicht überraschend kam, ihn innerlich so aufwühlte, dass er ihr dafür zutiefst dankbar war? Er wollte ihr ja nichts Besonderes kaufen. Was es war, spielte für beide keine Rolle. Aber dieser Glücksstrom, der sie einen kurzen Augenblick, so kurz wie die Dauer eines Blickes, überwältigte, war ihnen so wertvoll, dass sie um nichts auf der Welt darauf verzichten wollten.

»Kauf mir ein Eis.«

Es war, als würde sie ihm mit diesem Wunsch die ganze Welt schenken. Er lief zur Eisdiele und sah, mit dem Rücken zu ihr, immer noch dieses beglückende Lächeln vor sich. Er wünschte, dass der Eisverkäufer sich beeilen möge, und seine zittrigen Finger klaubten hastig die zerknüllten Geldscheine aus der Tasche. Er wusste nicht, wie oft er sich während des Wartens nach ihr umgedreht hatte. Sie wartete auf ihn, er wusste es, auch wenn sie nicht zu ihm hinschaute. Und schon war er mit jungenhaften Sprüngen zurück beim Auto und stellte sich neben sie, die lächelnd wieder aufblühte, ans offene Fenster, bis ihm einfiel, dass es höchste Zeit war, sich ans Steuer zu setzen und loszufahren. Nur wenn sie noch Zeit hatten, sagte er: »Lass uns noch eine Weile hierbleiben.« Sonst fuhr er los, und sie verteilte das Eis, Löffel für Löffel, einen für sich, einen für ihn, der fahren musste durch den regen Abendverkehr und vorbei an zahlreichen Autos, denen es gleichgültig schien, woher sie kamen und wohin sie fuhren. Gheiss war die Strecke wohlbekannt. Er fuhr diesen Weg schon seit zehn Jahren mindestens zwei, drei Mal in der Woche zwischen sieben und neun Uhr abends.

Einmal hatte Nilufar gesagt, er müsse ein Buch schreiben über »die Wege, die mich zu dir führen«. Das Buch ist immer noch nicht zu Ende geschrieben. Seine Notizen in den alten Heften sind sicher schon längst verloren gegangen. Aber die Strecke, die sie an jenem Abend fuhren, war wie der Rückweg aller Wege, die sie je ging, um zu Gheiss zu gelangen. Und war es nicht der gleiche Weg, den er schon als siebzehn-, achtzehnjähriger junger Mann morgens in der Frühe mit entschlossenen Schritten kreuz und quer durch die Stadt und den quälenden Verkehr gegangen war, und am späten Abend wieder auf dem Heimweg?

In den ersten Monaten und Jahren schien es dies. Aber wie konnte es sein, dass Gheiss sich so wenig Gedanken gemacht hatte über den innersten Kern jenes Menschen, den er Nilufar genannt hatte? Wieso dachte er kaum nach über sie, über ihren Geburtsort, ihre Familie, ihre Begabungen und Tätigkeiten, über diesen Menschen, der immer wieder in ihm, in der Stille wie im Chaos seiner Gedanken aufblühte und lebendig wurde? Nein, niemals, er hatte niemals, nicht für einen Augenblick, ihre Anwesenheit, ihr Kommen und Gehen, ihr Umherirren in den Straßen und Gassen, auf den Wegen, die zu ihm führten, als selbstverständlich hingenommen. Sie hatte in der Mitte all seiner Gedanken und Vorstellungen einen sicheren und ehrenvollen Platz. Und wenn sie jeweils kam … Ihre schöne Gestalt. Oder hatte er sie bloß so gesehen? Nein, sie war wirklich schön. Ihre Augen, ihre Lippen, ihre Stimme … Immer wenn sie durch die Tür kam, sagte er unwillkürlich: »Sie ist da, es gibt sie wirklich.«

»Jahrelang habe ich auf sie gewartet. Nun ist sie da.

Träume ich?« Nein, es war kein Traum. Sie war wirklich. Sie kam, siebzehnjährig, Ende September – ein Monat, den Gheiss besonders liebte. Das Blut unter der Haut ihrer Wangen war hell, aus ihren Pupillen blitzte der jugendliche Scharfsinn, sie versprühte eine Kraft, die schwer zu bändigen war. Sie setzte sich auf den Stuhl, legte die Hände auf die Knie. Nur für einen kurzen Augenblick konnte sie ihm in die Augen schauen. Eine artige Schülerin, so saß sie vor ihrem Lehrer. Gheiss konnte sie gut beobachten, er sah sie klar und deutlich, wie ein erfahrener Künstler, der unerwartet vor einem ihn begeisternden Werk steht. Aber er war erfahren genug und konnte sich beherrschen, griff sofort nach der Zigarettenpackung und suchte fahrig auf seinem Schreibtisch nach Streichhölzern.

Halb geraucht, wirft Gheiss die Zigarette weg. Starr vor Kälte steht er auf dem Friedhof, wo die hochgewachsenen Tannen mit ihren dürren Ästen die Wolken berühren. Hier ist der Himmel niedrig und grau. Gheiss ist erfüllt von Sehnsucht, Sehnsucht nach dem Antlitz und der Nähe eines Menschen, der unabweisbar sein ganzes Wesen beherrscht. Er muss sie sehen. Er sieht sie. Immer, wenn er will, sieht er sie. Wie eine Taube fliegt sie dann zu ihm und setzt sich neben ihn. Auch jetzt sitzt sie neben ihm, auf der Steinbank, so wie einst auf der Steinbank in einem Stadtpark von Teheran. Er dreht sich um, schaut sie an. Ja, das ist sie, die hier auf der Steinbank sitzt. Aber, wie seltsam, sie hat kein Gesicht.

Er sieht sie genau an. Sie hat kein Gesicht. Sie sitzt da, ohne sich anzulehnen, mit leerem Gesicht, leerem, unsichtbarem Blick. Achtundzwanzig, neunundzwanzig Jahre alt muss sie jetzt sein. Sie ist still, stumm, genau wie er selbst, wenn der graue Himmel ihn niederdrückt und die Kälte ihn zernagt. Das einzige Zeichen von Wärme ist die halb gerauchte Zigarette, die er vor seine Füße geworfen hat und nun mit dem Schuh zertritt. Warum, warum bloß … Er legt seine Hände auf die Knie, so wie sein Vater, der, wenn er verzweifelt war, sich auf einen Stein oder auf die Treppe setzte, ein Bein über das andere legte, die Arme über den Knien kreuzte und auf einen Punkt in der Ferne starrte. Diesen Punkt, der durch das Weltall wirbelt und mit seinen verwirrenden Drehungen und Windungen jeden vernünftigen Menschen aus dem Gleichgewicht bringt. Vielleicht war der Vater in solchen Augenblicken nicht erschöpft, aber …

Ich bin erschöpft, meine Hände haben keine Kraft mehr. Warum? Ich konzentriere mich, sammle meine ganze Aufmerksamkeit, vielleicht gelingt es mir, ihre Stimme zu hören. Aber nein, die Mühe ist vergeblich. Da ist nur eine Krähe, die auf dem höchsten Ast mit den Flügeln schlägt. Mein Kopf, mein Kopf dröhnt vor Schmerzen. Es kommt vom vielen Reden. So lange schon rede ich mit mir. Tonnenweise Sätze, in allen Tonlagen, in den unterschiedlichsten Stimmungen, voller Widersprüche … Ich redete, hörte zu, schwieg, regte mich auf, schimpfte, beherrschte mich wieder, wurde wütend und merkte, dass meine Augen dabei brannten, als würden sie Feuer sprühen. Ich wollte weinen und konnte nicht. Schon lange kann ich nicht mehr weinen. Ich habe es ihr mehrmals gesagt. Meine Augen glühen nur noch, sie sprühen Feuer, und später merke ich, dass sie kaum feucht geworden sind. Woher kommt diese rätselhafte Fähigkeit unseres Gehirns, in einem einzigen Augenblick unendlich viele Bilder, Worte und Erinnerungen aufnehmen zu können … Und wenn diese Augenblicke sich ohne Unterbrechung aneinanderreihen, scheinen sie sich grenzenlos auszudehnen. Wie lange habe ich jetzt schon geredet, wie lange werde ich weiterreden? Und nun wieder das Schweigen, die Bäume, die Wolken und der Flug der Krähe durch das ewige Grau. Ich habe darum gebeten, dass sie kommt und sich neben mich setzt. Sie ist gekommen und hat sich neben mich gesetzt, so wie sie es schon ein Dutzend Mal, hundert Mal getan hat, fröhlich, mit großer Lust. Doch dieses Mal hat sie kein Gesicht, und ich habe keine Stimme. Ich sehe den alten Mann, alleine auf der Steinbank sitzend, er holt ein Notizbuch und einen Füllhalter aus der Tasche seines Regenmantels, beginnt zu schreiben. Er sitzt gebückt, das linke Bein über dem rechten, so wie mein Vater … Aber wozu das alles? Sie, die diese Zeilen lesen soll, hat kein Gesicht, keine Augen, um die Worte und Sätze zu lesen. Für wen schreibt also der Mann mit dem gebückten Rücken? »Meine Welt ist mir geraubt worden …« Wer soll solche Sätze denn lesen? So viel Verwirrung. All die Bilder und Wörter finden keine Nähe zueinander und können nicht miteinander verschmelzen!

»In die Seele des anderen eindringen, die eigene Seele

ablegen, das eigene, einmalige, gereifte Leben dem anderen widmen …«

»Du und ich sind zwei Hälften eines Menschen.«

»Nein, du und ich waren schon immer verschmolzen. Ohne dich wäre ich nicht das, was ich bin.«

»Du sprichst aus, was mir auf der Zunge liegt. Vielleicht wäre ohne dich kein Leben in mir.«

Ein Gewirr von Bildern, und Schweigen, in dem noch die Gespräche atmen. Wo sind all diese unendlich vielen Wörter geblieben? Warum stechen sie, wenn sie verschwunden sind? So viel Leben war im Schweigen und im Reden … Man sollte alles, was im Hirn abläuft, im selben Tempo aufschreiben können. Das ist unmöglich. Wer schnell und rege denkt, wird darum beim Schreiben betrogen, er kann nicht einmal einen Bruchteil der Masse seiner Gedanken zu Papier bringen … Was tun? Man muss sich einreden, dass es einem gelungen ist, die Substanz dieser Masse von Gedanken aufzuschreiben …

Der Mann mit dem gekrümmten Rücken scheint von solchen Zwängen frei zu sein. Er sitzt geduldig und schreibt seit Stunden, wie ein vernünftiger Mensch, der sein Testament schreibt.

Gheiss wird noch einmal erschüttert von der Erinnerung an jenen Stoß, der ihn in der Nacht aus der Lektüre eines Buches herausriss. Ein Blitzschlag war ihm durch den ganzen Körper, vom Kopf bis zu den Füßen, gefahren. Dann war er wie festgenagelt, starrte verdutzt ins Leere und fühlte, dass allein die Vorstellung eines hässlichen Bildes ihn zugrunde richten könnte. War er bereits zugrunde gerichtet? Nein, man kann doch nicht den eigenen Untergang von außen betrachten …

»Warum vernichtet Gott nicht mein Denkvermögen?«

Er dreht sich, um wie immer Nilufars Gesicht zu sehen, er will ihr klar und deutlich sagen: »Weißt du, wie dieses Bild mich erschütterte? Ich hatte die Vorstellung, ich sei in einen Eiszapfen verwandelt, der von einer Eissäule abgebrochen war. Ich hockte auf dem Boden und war völlig von Sinnen.«

»Warum vernichtet Gott nicht mein Denkvermögen? Wie soll ich weiterdenken, nachdem du mich verzaubert hast und jeden meiner Gedanken beherrschst?«

Aber sie hat kein Gesicht, keine Augen, sie kann nicht sehen. Gheiss denkt nur an sie, immer nur an sie. Was muss ihm zugestoßen sein, dass er sich wünscht, sein Denken, der Sinn seines Daseins, möge vernichtet werden! Einbildung … Einbildung … Er hofft auf Selbstvernichtung, weil er es nicht erträgt, dass die Bilder größter Lebenskraft und Schönheit von den niederträchtigsten Gedanken verdrängt werden. Sie treiben dich in Verzweiflung und Wahnsinn, bevor sie dich zugrunde richten.

»Man nennt jemanden schön, um ihn zu beschreiben. Das geht so nicht bei dir. Nein, du warst das Leben selbst. Dein Atem, dein Atem, deine Atemzüge …«

Wie ein unsichtbarer Hauch kam das Leben auf dich zu, streifte dich und zog dich hinein in eine atemberaubende Zauberwelt. Doch nun, welche Wende des Schicksals! Wenn Flüche wirken könnten, wäre ich längst zum Mörder geworden. Wie habe ich das verdient? Ich war doch kein gedankenloser Abenteurer, kein verantwortungsloser Nichtsnutz.

»Du kamst, und ich sagte mir: Sei willkommen, endlich ist sie erschienen.«

Ihm war, als hätte er sie schon immer gekannt. Woher? Und warum? So viele Tage und Nächte hatte er bereits verbracht in der Erwartung, dass sie käme.

»Ein Rätsel … Kann ich es begreifen? Mich ihm nähern? Kann ich es lösen?«

Mehr als einmal hatte er ihr gesagt: »Auch wenn es dich nie gegeben hätte, wäre ich zeit meines Lebens auf der Suche nach dir gewesen, herumirrend auf den Straßen und Gassen, heimatlos auf meinem Weg, der in einem verborgenen Winkel meines Geistes begann. Und als du schließlich erschienst, sagte ich bloß: Endlich, da bist du!« Er sagte ihr nicht: Dein Erscheinen hat mich wieder mit Leben erfüllt und von dem allgegenwärtigen Tod befreit, der mich bisher stets begleitet hatte. Er sagte nicht: Deine Stimme hat die gestaute Wut in mir zum Platzen gebracht, in der Mitte meines Lebens mein Innerstes aufgewühlt, mir ermöglicht, mich wieder zu fassen und zu erneuern im Glanz deiner sprühenden Augen. Wie viele Jahre habe ich warten müssen, bis du kamst. Befreit von der Last sah ich, wie du aufgeblüht bist, und war glücklich, dass du nicht die Rolle der Beschämten spieltest. Ich bewunderte deinen

Mut, deine Offenheit, deine Reife. Mein Blick lag auf dir mit dem Stolz eines Mannes im mittleren Alter, der an seinem Leben verzweifelt war, bis er sich in deinem Blick unverhofft wiederfand.

Dieses kriechende, dahinalternde Leben, plötzlich nahm es dich in sich auf und war überwunden. Begeistert, berauscht, gereift und sachte ging es weiter seinen Weg. Die Trümmer der Erschöpfung aus langen Jahren fielen Stück für Stück ab von der über vierzig Jahre alten Gestalt. Wie die Rinde einer alten Platane, die am Ende eines jeden Winters ein neues Leben beginnt. Ein Fingerzeig von ihr, und schon schaffte er es, sich zu enthäuten.

Und nun dieser Hass! Nach so viel Liebe und Zuneigung, wie sollte er diesen nie zuvor gekannten Hass bewältigen? War das der Preis für die Verwandlung? Wo lag der Sinn dieser Erniedrigung und Vernichtung? Sollte Gheiss begreifen, dass die stärkste Seite seines Wesens auch seine größte Schwäche war?

»Du hattest nicht den Mut, mir zu sagen: Ich kann dich zerstören, und ich werde dich zerstören.«

Nein, zu solchen Worten war sie nicht fähig. Und doch, sie hatte versucht, es ihm begreiflich zu machen.

Er wendet das Gesicht und schaut sie an wie immer. Aber sie hat kein Gesicht. Sonst müsste sie jetzt brennen, lodern und zerschmelzen vor Scham. Ihre Tränen wären fließendes Wasser auf der Glut ihrer Wangen. Aber sie sitzt neben ihm auf der kalten Steinbank und hat kein Gesicht. Vielleicht hat sie es verloren, verkauft.

»Was weiß ich!« Gheiss wundert sich über nichts mehr. Nicht einmal darüber, dass ihn all das so überrumpelt hat. War er zu leichtgläubig gewesen? Warum hatte er sich auf seine Überzeugungen verlassen?

Der alte Mann richtet den Kopf auf und erhebt sich. Fast sieht es aus, als würde er Gheiss wiedererkennen. Warum eigentlich müssen zwei Menschen sich begegnet sein, um sich aneinander zu erinnern? Nein, das muss nicht unbedingt sein. Gheiss hatte »sie« ja auch lange gesucht, noch bevor »sie« geboren wurde.

»Also kann ich mich an einen Menschen erinnern, der erst nach mir leben wird. Und dies auf einem kalten Friedhof, unter einem grauen Wolkendach. Wolken, die sich so ballen und türmen, dass sie sich zu einem Dach schließen.«

Der alte Mann steht jetzt aufrecht und ist sich sicher, dass der andere ihn unentwegt beobachtet und kein Auge von ihm ablässt. Er weiß auch, dass der andere bemerkt, wie er die Notizen angewidert auf die Steinbank legt. Er bückt sich, nimmt ein paar Steine, legt sie auf die Blätter und geht davon. Und Gheiss wird mit jedem Schritt, mit dem der andere sich entfernt, zu den Blättern herangezogen, die nun auf der verlassenen Bank liegen. Er will hasten, aber seine Schritte werden weder schneller noch langsamer als die des Alten. Als er die Bank erreicht und mit großer Neugierde nach den Notizen greift, durchzuckt ihn die Frage, ob der alte Mann, der nun nicht mehr zu sehen ist, einen Gehstock in der Hand hatte. »Seltsam, spielt es denn eine Rolle, ob der alte Mann mit oder ohne Stock gegangen ist? Was einem alles in den Sinn kommt!« … Gierig wie ein Dieb greift er nach den Blättern, die sich vom Einband gelöst haben, steckt sie in die Tasche seines Regenmantels und will so rasch wie möglich zu dem italienischen Café gelangen. Doch der Hut, der Schal, der Regenmantel und der Koffer, den er zu tragen hat, behindern ihn. Er nimmt seine ganze Kraft zusammen, mit der verzweifelten Neugierde eines verwirrten Menschen will er die zerfledderten Blätter lesen, auch wenn er in ihnen nichts Interessantes vorfinden sollte. Am Ende der Chaussee bleibt er stehen, wirft einen Blick zurück auf die Steinbank, auf der er soeben noch saß. In seinem Inneren ist schwarze Grabesstille. Wie ein Kind hofft er auf ein Wunder und wünscht sich, dass dort, hinter den braunschwarzen Baumstämmen, ihr vertrautes Gesicht im Grau aufscheine, ihre Augen, ihr Lächeln, nur für einen einzigen Augenblick, zum letzten Abschied.

Wahn, Wahn, nichts als Wahn!

Wie ein Verzweifelter setzt er seinen Weg fort, auf dem Gehsteig, entlang der alten, moosbewachsenen Mauer. »Wie viel leichter wäre alles, wenn ich diesen verdammten Koffer nicht mitschleppen müsste, auf den Straßen und Gassen, sogar auf dem Friedhof … Und auf dem Weg entlang der Mauer, auf deren alten Steinen das Moos wuchert.« Aber es ist, wie es ist. Er muss zum italienischen Café, dort seinen Hut, Schal und Regenmantel in eine Ecke legen, einen Kaffee oder Tee bestellen und die Notizen lesen. In einigen Stunden wird er hier seinen Gastgeber treffen, er darf ihn ja nicht verpassen, wenn er aus der U-Bahn-Station herauskommt und am Fenster des Cafés vorbeiläuft. Er setzt sich auf einen Stuhl, vom dem aus er den Gehsteig im Blick hat. Der Italiener, hager, grauhaarig, stellt die Kaffeetasse und einen sauberen Aschenbecher vor ihn. Vermutlich wird er, wenn er das Restgeld auf den Tisch legt und den Aschenbecher abräumt, nicht schon wieder sagen: »Sie rauchen zu viel.« Nein, nein, allmählich wird er seine Zigarettensucht akzeptieren. Aber verstehen wird er diese Selbstzerstörung nie.

Seltsam, dieses Durcheinander! Offensichtlich entsprach der Eindruck von Gheiss, der alte Mann schreibe wie ein ordentlicher und vernünftiger Mensch, der sein Testament verfasst, nicht der Realität. Nicht nur die vom Einband losgelösten Blätter, sondern auch die Notizen waren ein einziges Chaos. Es schien, als habe das Notizbuch früher eine Ordnung gehabt, die im Laufe der Zeit verloren ging. Dennoch war es für Gheiss nicht schwer, die Schrift zu entziffern. Er musste versuchen, die verzweifelte Rastlosigkeit zu begreifen, die aus den gewundenen, gekrümmten Zeilen, oft am Seitenrand, dieser halb zerrissenen Blätter sprach. Er hatte schon ganz früh in seinem Leben die Überzeugung gewonnen, dass Worte winzige Gefäße sind, in denen wir Freude und Angst unserer Seele und unseres Geistes aufbewahren. Und er hatte begriffen, dass mit den Worten der Mensch versucht, zumindest einen Hauch seiner eigenen Unendlichkeit festzuhalten. Wenn also die Worte des alten, erschöpften Mannes offensichtlich aus dem Gleichgewicht geraten waren und taumelten wie der Alte selbst, so hatte Gheiss nun die Aufgabe, die Schwankungen des Alten zu begreifen, ihm zu folgen, wenn er in die tiefsten Tiefen absank, wie ein Ertrinkender mit Händen und Füßen fuchtelnd, um aus dem Abgrund wieder herauszukommen. So viel Verwirrung … Die meisten Sätze beginnen mit drei Punkten. Als wisse der Alte nicht, mit welchem Wort beginnen:

»… Sie opfern die Menschen und fliehen. Nein, erst ziehen sie dir die Gedärme aus dem Leib, dann fliehen sie. Nein, auch das drückt nicht aus, was ich sagen wollte.«

Darunter hatte der alte Mann im grauen Regenmantel ein Drittel der Seite frei gelassen und mit zittrigen Linien mehrere Hühner gezeichnet. Als sei ihm beim Zeichnen eine Masse von ungeschriebenen, grüblerischen Gedanken durch den Sinn gezogen. Flüchtige Bilder, reglose, wie festgenagelte Bilder. Einzelne Worte, bis an den Seitenrand wiederholt. Es wirkte, als habe er in seiner Vorstellung etwas so Erschütterndes gesehen, dass er, wie vom Blitz getroffen, erstarrt war und es Ewigkeiten dauerte, bis er sich aus diesem Zustand befreien konnte. Als er wieder schreien konnte, setzte er unter die Füße des Huhns den Satz: *»Wie kannst du so etwas tun?«* Und dahinter: *»Das war die letzte Frage, die ich ihr stellte.«*

Zwischen der letzten Zeile und dem zweiten Teil, der auf altem, vergilbtem Papier geschrieben wurde, lagen sicher Tage, oder zumindest Stunden von innerem

Ringen. Denn er schreibt: »… *Wie, wie konntest du das tun? … Das ist doch nicht so einfach wie der Wechsel eines Hemds.*« Dann wieder: »*Grässlich, eine grässliche Vorstellung!*« Die Hälfte der Seite ist mit diesen wenigen Worten geschwärzt, und am Ende steht nur: »*Niedertracht!*«

Gheiss ordnete die Blätter und las auf einer neuen Seite: »… *Warum konnte ich keinen Ersatz finden, warum? Warum verursachte mir allein der Gedanke daran Übelkeit? Ich konnte und kann es mir nicht einmal vorstellen. Ich sehe die Menschen, die Frauen nicht. Oder wenn ich sie sehe, sehe ich nur Körper, Körper ohne jene Seele, wie ich sie gekannt habe. Seitdem ist für mich jede Frau nur noch eine Gestalt, die redet, mit der ich mich aber nicht unterhalten kann. Die beste, der ich begegnet bin, verwandelte sich in meiner Vorstellung am Ende in einen Vogel, der mit seinem Schnabel ständig gegen die Furchen meines Gehirns pickte. Ich bin erschöpft von meinen Gesprächen mit dem Vogel, ich mag mit niemandem mehr reden. Wenn das so weitergeht, verliere ich über mich die Kontrolle. Man wird über mich den Kopf schütteln, manche werden mich sogar für verrückt halten. Mich interessiert nichts mehr als das Schwärzen dieser Blätter. Die Menschen sind mir fremd geworden. Sie essen und essen und essen, um alles am nächsten Morgen mit Wollust wieder auszuscheiden, damit sie wieder essen, trinken, sich versammeln und reden können, reden, reden, reden über Essen und Trinken und über Wege und Möglichkeiten, wieder zu essen und zu trinken und zu reden. Wo ist die Würde des Schweigens geblieben …*«

Schweigen. Nur das Feingefühl einer Frau konnte in sein Schweigen eindringen, ein Lächeln in ihm hervorlocken. Und es dauerte nicht lange, bis er sich völlig verwandelte. Bei jeder Begegnung häutete er sich erneut. Es war wie ein Liebesspiel der Natur, ein Zusammenspiel von Sonne und Wolke, das in wundersamen Formen zum Ausdruck kam. Es war, als nehme sie ihn am einen Tag wie ein Kind an der Hand und führe ihn in die Welt der Erwachsenen, um dann am Tag des nächsten Wunders das grimmige Schweigen des alten Mannes, sein jugendliches Aufbegehren und seine traurigen Augen zu begreifen. Nur diese Frau war imstande, und nur diese Frau hielt er für berechtigt und würdig, sein Innerstes ganz zu sehen. Nur sie war Gheiss selbst. Man versteckt seine Seele nicht vor sich selbst, außer man betrügt sich. Wie vielen Augen kann ein Mensch vertrauen, wie vielen sich ohne Zögern und Einschränkung öffnen? Die meisten Menschen gehen durch das Leben, ohne das Glücksgeschenk zu erfahren, das darin liegt, sich vor Augen zu öffnen, denen man rückhaltlos vertraut. »Jeder Blick von ihr versetzt mich in einen Rausch. Das ist, was ich brauche, sonst nichts. Ja … Sie war wie aus derselben Substanz. Wie konnte es bloß geschehen, dass sie in der Doppelzüngigkeit entschwand? War sie doch die Einzige, die mich verstand, die in der Lage war, mein zielloses Umherirren und mein Schweigen zu begreifen.«

Aber nun … Wie kann ein anderer, lesend, das Schweigen eines verirrten Mannes begreifen, der bebt und schaudert und fröstelt?

»Grässlich, ein grässliches Bild: Nein, das ist kein Albtraum. Ich könnte es in Worte fassen, aber vielleicht hört dabei mein Herz auf zu schlagen, und diese Notizen, die für mich wie ein Stich in eine eitrige Drüse sind, werden nicht zu Ende geschrieben. Oder soll ich diese Wunde mit in den Tod nehmen? Habe ich sie nicht oft genug aufgefordert, mit offenen Augen mich, diese entsetzliche Kreatur, zu erkennen! Aber sie hielt ihre Augen geschlossen und wendete sich von mir ab.«

»Asche!«

Allein dieses einzige Wort und sonst nichts. Es wird nicht einmal wiederholt. Nur wurden die Buchstaben nachgezogen, damit sie mehr ins Auge fallen. Dieses einzige Wort hat ein ganzes Blatt ausgefüllt. Die Art, wie die anderen Worte geschrieben waren, die auseinandergerissenen Zeilen und das Durcheinander der Blätter ließen keinen Zweifel darüber, dass die Notizen mit wirrem Geist geschrieben worden waren, als sei der alte Mann innerlich so aufgewühlt gewesen, dass er nichts weiter schreiben konnte als:

»Nilufar!«

Nur dieses einzige Wort, es füllt ein ganzes Blatt aus.

Er hatte ihr einen neuen Namen gegeben: »Nilufar« – Seerose. Eine jener Seerosen – er hatte viele so gesehen –, die sich liebevoll um einen Stiel schmiegen und sich ihm ganz hingeben. Bei ihrem letzten Treffen hatte er ein kleines Notizheft mitgebracht und sie gebeten, daraus laut vorzulesen, sodass er sie beim Fahren gut hören konnte. Er liebte ihre Stimme. Seit Langem schon eröffnete sie bereits am frühen Morgen seinen Tag mit dem Zauber ihrer Stimme und versöhnte ihn mit der Nacht. Und nun las sie: *»Die Liebe hat keinen Schöpfer«*, und blickte Gheiss in die Augen. So war es immer. Sie wollte seine Reaktion sehen.

»Lies nur!«

»Das Wort Eschgh – Liebe – stammt von Aschagheh – Winde.«

»Was ist eine Winde?«

»Lies, lies nur weiter!«

Er sagte nicht: »Deine Stimme, ich brauche deine Stimme!«

»Das Wort Liebe stammt von Winde. Das ist eine Pflanze, die im Garten wächst, unter den Bäumen. Zunächst schlägt sie ihre Wurzeln tief in die Erde, dann erhebt sie sich, umschlingt den Baum und wächst, bis sie ihn ganz umschlingt. Dann beginnt sie, ihn zu quälen, raubt ihm die Nahrung, das Wasser und die Luft, bis er schließlich verdorrt.«

Sie hielt inne. Es wurde still. Musik. In der Stille klang ihre Stimme nach wie Musik.

Gheiss wusste, dass sie sich ihm zugewendet hatte und ihn anschaute. Ihm fiel plötzlich der Spiegel ein, nicht der im Auto, den er leicht drehen und sich darin sehen könnte. Er dachte an einen Spiegel wie den in Vaters Tasche, klein und rechteckig. Gheiss schaute nie in den Spiegel. Doch jetzt wollte er, wenn der tödliche Klang der Stille es zuließe, sein Gesicht im Spiegel sehen und einen Blick in sein Inneres werfen, durch das es tausendfach hallte: »Elf! Elf! Elf! …« Die Zahl der Jahre, die er mit ihr verbrachte.

Er wusste: Sie wartet darauf, dass mein Blick über sie fährt und in sie eindringt, über die glatte Haut, die sich über ihre Gesichtsknochen spannt, durch ihre von mir so geliebten Pupillen. Doch sein Blick ging bald wieder auf die Straße, auf der wenig Verkehr war. Es war, als führe das Auto von alleine, ganz langsam. Gheiss hatte sie angelächelt, ohne dabei seine Beklemmung zu verstecken. Er hatte das klare Gefühl, mit dieser »Elf« sei ein Ende nahe gekommen.

»Sehe ich immer so blass aus?«

»Ich verstehe die arabischen Fremdworte in dem Text nicht.«

Was er aus ihrem Mund hören wollte, hatte sie vorgelesen. Doch nun las sie weiter.

»Tausende Zweige und Blätter sprießen aus Freude und Glück in den Himmel. … Wenn der Baum sich seiner reinen Vollendung nähert, rückt die Liebe aus ihrem Winkel hervor, umschlingt ihn so kraftvoll, dass keine Feuchtigkeit mehr zu ihm gelangen kann. So stark schmiegt sich die Liebe an den Baum, dass plötzlich ihre Zuneigung endet. Dann stirbt der Baum und erweist sich als würdig, in den Garten Gottes aufgenommen zu werden.«

Gheiss sitzt am Steuer. Da darf ihn nicht das Gefühl überfallen, die Felsen der umliegenden Berge würden auf seine Schultern herabstürzen. Aber warum hat er dieses Gefühl? *»… Weil in dieser Welt von Vergehen und Erstehen nichts so stark ist, dass es die Last der Liebe ertrüge.«*

Ihr Lächeln war schalkhaft, und ihre Augen blitzten schelmisch, wenn sie versuchte, ihn herauszufordern. Jetzt kann er tiefer in der Erinnerung graben und über jenes verlorene Gefühl nachdenken, das damals zum Vorschein kam. Wollte sie nicht mit dem Rhythmus, in dem sie den Text vortrug, die Sprache von Gheiss nachahmen, die Sprache der Poesie? Nein, Gheiss wollte nicht wahrhaben, was sich hinter der Fassade abspielte. Er konnte seinen eigenen Augen misstrauen, nicht aber seinem Glauben an sie. »Konnte ich die Verzauberung meines eigenen Wesens verleugnen? Nein, niemals.« Er war nicht bereit, auch nur den leisesten Verdacht gegen sie zuzulassen. Er hatte immer noch das Gefühl, mit der »Elf« habe das Zählen erst begonnen. Auch dass sie mit einem wortlosen Lächeln den Namen Nilufar von ihm angenommen hatte, machte ihn zuversichtlich. Er musste nach vorne schauen, um nicht einen unaufmerksamen Passanten zu überfahren. Nilufar, die Seerose. Und er? Er müsste den Namen eines Baumes tragen. Ein Baum, der aufrecht an einem Flussufer steht, an dem sie sich festhalten kann, damit der starke Strom sie nicht hinwegschwemmt zu den giftigen Sümpfen der Stadt. Sie erzählte ja in aller Offenheit von all dem Gift, das sich in der Stadt ausbreitete. Konnte man an ihre Aufrichtigkeit noch glauben? Ja, man konnte daran nicht zweifeln. Und doch … Warum fühlte sich Gheiss wie der spröde Stiel des Weizens Ende Juli, dessen Farbe von Gelb ins Weiß übergeht und schon durch die Berührung eines Fingers brechen kann?

»Auf meinem Haupt und Gesicht liegt Schnee. Ich spüre ihn wie eine Fußspur der Jahre, über deren Ablauf ich mir nie Gedanken gemacht habe. Denn ich habe nie mich selbst im Spiegel betrachtet. Ich sah mich immer nur im Spiegel jener Augen, in deren Pupillen die Flamme vibrierte. Doch dann setzte ich mich vor einen Spiegel, und mein Bild zersplitterte. Ich fiel in mich zusammen, einer, der sich selbst nicht erkennt, einer, der verloren ist, einer, der … einer …«

Der alte Mann hatte keine Worte mehr gefunden, keinen Vergleich. Wie mechanisch hatte er den unvollendeten Satz bis zum Ende der Seite wiederholt. Dann war seine Feder an den Rand der Seite gekrochen. Dort hatten sich wirr die Wörter und Buchstaben angehäuft und gestaut, sinnlos, bedeutungslos, als wollten sie aus dieser engen Welt ausbrechen und jedes Wort und jeder Buchstabe für sich allein seine eigene Bahn suchen, allein …

»Pardon! Sind Sie nicht der, der schon vor zwei Tagen hier an diesem Tisch saß und unentwegt schrieb?«

Gheiss verneinte die Frage mit einer Kopfbewegung, und der Wirt entfernte sich, offensichtlich mit großem Zweifel über diese Antwort. Er hatte Gheiss eine Tasse Kaffee gebracht und ihn von Kopf bis Fuß gemustert, sogar seinen Buckel und die Art, wie er beim Sitzen die Ellbogen aufstützte. Und nun ging er völlig verunsichert zur Theke zurück. Vielleicht überlegte er, ob er ihm ein zusätzliches Zuckersäckchen bringen sollte, denn er weiß, dass der Gast, der dort sitzt, seinen Kaffee mit mehr als einem Zucker trinkt. Vielleicht würde er es bringen, bevor Gheiss um mehr Zucker bittet.

Gheiss sinniert einigen miteinander verwobenen Gedankenfäden nach. Der Wirt, der, wie er bald feststellt, Mieter des Lokals ist, beobachtet voller Zweifel jede Bewegung von ihm. Dann geht ihm auf, dass der Mann, dem er auf dem Friedhof begegnete, hier in diesem Lokal gewesen sein muss. Sicher hat er am selben Tisch Platz genommen und sich Notizen gemacht. Was hatte er hier geschrieben? Gheiss musste so rasch wie möglich diese Seiten finden, sie mussten bei den letzten sein, die der Mann aufgeschrieben hatte, bevor er zum Friedhof ging.

Der hagere Wirt kommt von seiner Theke und legt ein Päckchen Zucker auf das kleine Tablett. Indes entdeckt Gheiss unter den losen Blättern zwei Seiten, herausgerissen aus einem Notizblock, auf denen der Name des Cafés stand. Nun ist er sicher. Dieser Mann, ähnlich zerbrochen wie er selbst, ist in diesem Lokal gewesen. Vielleicht hat er den Wirt um Papier gebeten, um seine Gedanken notieren zu können.

»Es gibt in der Welt eine Wahrheit. Ja, es muss eine Wahrheit geben in den verborgenen Tiefen der Beziehung zwischen Mensch und Dasein. Ja, eine Wahrheit! Man kann auf der glühenden Brust der Wüste reiten, vergnügt und unbeschwert den Luftspiegelungen nachjagen. Die Landschaft ist still und offenherzig, frei und großmütig, wie die arglosen Augen eines verlorenen Kindes … Aber: Gelegentlich beginnt in dieser Stille das Herz Gottes zu pochen mit

tödlichen Sandsümpfen und Sturm. Man kann sich auf die unendliche Geduld und Wahrheit der Wüste nicht verlassen. Und Menschen, die von Kopf bis Fuß aus Kristall waren, aus Sonne und Wasser geschaffen wie göttliche Wesen, Menschen wie du, besudeln sich mit Niedertracht.

Diese Wunde, wann wird sich diese Wunde schließen?

Nie! Eine Wunde im Alter heilt niemals, niemals, niemals! Diese Wunde gleicht einem Teich in der Wüste, dessen salziges Wasser die Vögel, Hirsche, Raubtiere und Leoparden trinken, solange das Wasser in der höllischen Kälte nicht zufriert. Ja, meine Liebe, du Sonnenuntergang vor der Zeit, wenn man glauben könnte, dass dein Leuchten keine Täuschung war, keine Täuschung, Täuschung, Täuschung …«

Der Satz endet am Fuß einer zerrissenen Seite. Gheiss überlegt, beim Verlassen des Lokals den Wirt zu fragen, ob er meint, der alte Mann würde wieder vorbeikommen. Sicher würde er die Schultern hochziehen und sagen, er habe keine Ahnung. Und Gheiss würde, mit dem verdammten Koffer in der Hand, sich mit einem Lächeln bedanken und sich wieder auf den bekannten Gehsteig begeben. Etwa zweihundert Schritte vom Lokal entfernt war der Eingang zur Metro-Station, daneben eine Telefonzelle und dann ein Lebensmittelladen. Das Wetter war nicht beständig, mal wurde es kalt, mal warm, dann wieder schwül oder frostig kalt. Vielleicht lag das auch an Gheiss' schwankender Stimmung. Er war erschöpft, der gefütterte Regenmantel kam ihm viel zu schwer vor, auch seine Schuhe waren nicht leicht.

Der Schal um seinen Hals war lästig, und dann noch die Zigarette im Mund und der verdammte Koffer in der Hand. Er hatte einen langen Weg zurückgelegt, war fast elf Stunden unterwegs gewesen. In der Nacht hatte er nicht oder schlechter als sonst geschlafen. Und der Gastgeber war nicht zu Hause. Warum bloß, warum kam er nicht endlich, um ihn von diesem Zustand zu befreien, von diesen Mauern und dem Gehsteig, auf dem er erschöpft hin und her lief. Seine Beine und Füße spürte er nicht mehr, es war, als hätten sie das Laufen verlernt. Am Morgen war er aus dem Nachtzug ausgestiegen, hatte die Kraft, ein Taxi zu nehmen, dem Fahrer die Adresse zu sagen und sich auf dem Rücksitz zurückzulehnen. Er war so müde, dass er aus dem Taxi nicht mehr aussteigen wollte – aber er musste aussteigen. Nun sehnte er sich nach dem Zimmer im Haus seines Gastgebers. Er würde sich dort auf das alte Klappbett legen – vielleicht zwanzig Stunden lang liegen bleiben. Aber der Gastgeber war nicht zu Hause. So musste er im Freien, im feuchten Nebel, auf dem Gehsteig vor der moosbewachsenen Mauer auf und ab gehen.

»Wie fühlt ein Mensch, wie fühle ich mich, wenn ich mich selbst, den Regenmantel, den Schal, den Koffer tragen muss, von einem Platz, der mir fremd ist, zu einem Platz, an dem ich vielleicht Ruhe finden kann? Was fühlt man, wenn sich die Erinnerungen verästeln, wenn man sich an jeden Zweig klammert, auf der Suche nach etwas, das unauffindbar ist?«

Der Mensch lebt in der Schale seines eigenen Gedächtnisses, er stirbt im eigenen Gedächtnis. Gheiss bleibt eingeschlossen im eigenen Gedächtnis.

Mein Kopf … Ich muss mich setzen, mein Gehirn fließt durch meinen ganzen Körper, ich bin todmüde. Wie viel Tod hat sich in den Furchen meines Gehirns angehäuft? Die Erinnerung bringt mich zur Verzweiflung, sie bringt mich um den Verstand. Welche Hand könnte im rasenden Tempo der Gedanken schreiben? In mir ist die Müdigkeit von elftausend Jahren … Ich fühle, dass sich mein Rücken krümmt. Ich wünschte, ich hätte einen Gehstock, denn wenn ich mich erheben will, muss ich meine Hände auf die Knie stützen. Ich möchte mich setzen, aber wohin? Auf diesem Gehsteig gibt es keine Sitzbank. Man muss sich angemessen benehmen. Verboten ist es wohl nicht, sich an den Rand des Bürgersteigs zu setzen. Aber wenn ein Fremder sich länger an einem Platz aufhält, weckt er Verdacht. Doch ich bin wohl nicht verdächtig. Denn ich bin so oft auf dieser Straße zwischen dem Haus mit der Nummer fünf, fünf, fünf und dem Café an der Ecke hin und her gelaufen, dass man mich inzwischen kennt und weiß, wo ich hingehöre. Auch der Koffer, der Regenmantel, der Schal und meine niedergedrückte Haltung zeigen doch, was ich bin: ein Fremder auf Reisen, der müde auf seinen Freund Assef wartet. Assef, so steht es an der Klingel beim Hauseingang. Zweiter Stock. Und hier mein Reisepass … Unwillkürlich greift er in die Brusttasche, tastet durch das Futter nach dem Pass. Nein, er hat ihn nicht verloren. Er kann ihn gar nicht verlieren, denn die

Tasche hat einen Reißverschluss, der stets geschlossen bleibt. Dennoch wollte er sich vergewissern.

Er muss sich setzen, muss einen Platz suchen, der etwas höher ist als der Gehsteig, sonst müsste er sich mit angezogenen Beinen hinhocken. Sein Vater konnte über längere Zeit auf den Fußspitzen hocken, wie schwerelos, als würde er gleich losspringen. Aber Gheiss kann so nicht lange sitzen, die Beine tun ihm weh. Auch die Knie zeigen allmählich Verschleißerscheinungen. Also setzt er sich auf die Treppe vor einem Hauseingang. Es scheint ein altes Haus zu sein mit Wandverzierungen. Er schiebt den alten Koffer an die Wand, legt den lästigen Regenmantel und den Schal darauf, greift in die Jackentasche und holt Zigaretten und Feuerzeug heraus. Es ist eine Gewohnheit, eine Sucht. Sein Mund ist bitter und trocken. Er hat keine Lust auf Zigaretten, aber was soll er in dieser Lage tun, außer eine Zigarette nach der anderen zu rauchen. Kein Wunder, dass seine Zunge und sein Schnurbart dieselbe dunkelbraune Farbe haben. Er raucht nur noch aus Trotz gegen sich selbst, und aus Weigerung, eine Gewohnheit aufzugeben. Das Rauchen hatte schon die Lungen seines Vaters verseucht. Sie bohrten in Gheiss' Abwesenheit ein Loch durch seine Rippen und pumpten Wasser heraus. Seltsam, kein Wesen außer dem Menschen tut wiederholt etwas, von dem er weiß, dass es ihm schadet. Jeder Mensch trotzt sich selbst, bewusst oder unbewusst, und schadet sich selbst mehr, als andere ihm schaden könnten. Gheiss ist sich bewusst, dass das Wachbleiben in der

Nacht das Leben verkürzt und das Rauchen am späten Abend doppelt so schädlich ist wie am Tag. Aber … Wie kann er also vernünftig handeln?

»*Wer bin ich, und was bin ich? Mein Schädel … mein Schädel …*« Eine quälende, verwirrende Neugierde zwingt ihn, diese abgegriffenen Blätter zu erforschen, wie ein Geisteskranker, der auf einem Friedhof die eigene Leiche sucht, um festzustellen, wie er getötet wurde. Allein dieses quälende Gefühl kann wie ein Dolch wirken, der ihm während seiner verwirrenden Träume bis zum Griff in den Rücken gestoßen wird. Sowohl das furchtbare Gefühl des Dolchstoßes als auch das plagende Strampeln eines Geisteskranken zwischen den abgegriffenen Blättern dieses Notizbuchs ähneln dem neugierigen, krankhaften Suchen nach dem eigenen Grab.

Sätze wie Dolchstöße, wie Albträume stehen da. Gesprochen aus dem Munde einer Frau, die der alte Mann Buchara, Mahama, Malmal oder Natanail nennt. Es sind abgeschlossene, vollständige Sätze wie: »*Keine Kraft vermag meine Seele von dir zu rauben.*« Oder: »*Du bist groß und edel.*« Oder: »*Ohne dich bin ich sinnlos, denn ohne dich bin ich nichts.*« Noch genauer: »*Jede Faser meines Wesens ist erfüllt von dir, wie könnte ich ohne dich … Hörst du meine Stimme, siehst du meine Tränen?*« Man spürt, der Schreiber ringt unter einer schweren Last nach Worten. Es ist ein einsames Selbstgespräch, ein Geständnis. Über zwei Kontinente hinweg, über den Graben der Zeit … »*Ich spreche und bin zugleich stumm.*

Man hört mich. Aber wer vermag die Sprache der Geheimnisse zu verstehen? Geheimnisse haben doch keine Sprache, sie lassen sich nicht ausdrücken. Wie kann man gerade in dieser Zeit der direkten und nackten Sprache vom erhabenen Geheimnis der Liebe sprechen!«

Nach diesem Selbstgespräch hält der Mann inne. Dann fragt er sich: »*Was suchst du hier? Wie wurdest du in diese Gegend der Welt geschleudert?*« Bei dieser Frage gerät er ins Stocken. »*Hätte ich nicht sterben können, bevor meine Seele und mein Glauben starben? Hätte ich nicht ein wenig Geduld und Nachsicht aufbringen und weiterleben können mit diesen versteckten Wunden an meinem Lebensabend?*« Was sucht er, was? Ausharren muss er, das weiß er. Aber mit welcher Kraft? Nein, da helfen keine Philosophie und Poesie mehr, auch nicht das Gedicht des alten arabischen Dichters al-Qais, eines der sieben Poeten der Wüste aus der Beduinenzeit. Ihm wurde der Tod geschenkt, denn der leere Platz der Liebe kann nur durch den Tod ersetzt werden. Oder durch Hass, gelegentlich auch durch beides. Wie aber kannst du das klare, aus der Quelle fließende Wasser hassen, das dir so wohltat, das du so verherrlicht hast, genauso wie in vergangenen Zeiten das Wasser angebetet wurde. Nein, ich habe das Wasser nicht entweiht, ich hielt mich an die Zeremonie der Anbetung. Sie war wie mein Leben – Natanabi, Mahama. Nun sind Tod und Hass die Belohnung, die sie mir großzügig geschenkt hat. Wie erbarmungslos ich zugrunde gerichtet wurde!

Erbarmungslos und unberechenbar. Oder doch berechenbar? Machen Frauen einen Schritt ohne Berechnung? Ich habe keine Ahnung. In Trümmern auf die gute und vom Unglück übersäte Erde fallen. Das ist meine Heimat, diese Erde … Mein Altern kam plötzlich, wie ein Sturz aus einer unbekannten Höhe. Ein unerwarteter Stillstand, eine unerwartete Schlucht. Ich löste alle menschlichen Bindungen auf und nun … Und dann diese Zeilen:

»Den Tag verbringe ich wie andere, aber wenn der Abend anbricht, verwirren mich die Erinnerungen.

Nach den Verrichtungen des Tages vereinige ich mich mit der Trauer.

Die Liebe haftet an unserem Herzen wie die Finger an der Hand.

Die Hölle, welch eine Hölle ist die Nacht. Ich kenne die paradiesischen Nächte. Was war das für ein Paradies, und was ist das für eine Hölle. Ich kenne auch die Furcht, die mich nicht aus einem einzigen Grund überfällt, sondern aus sieben mal sieben Gründen. Was für eine Hölle!«

Er hält den Kopf gesenkt, schaut auf die Zeilen, bis er merkt, dass etwas in seiner Nähe aufgetaucht ist. Ein Hund ist, einen Schritt von ihm entfernt, am Rand der Mauer in die Hocke gegangen und leert mit größter Sorgfalt seinen Darm. Er wendet sich ab, schließt die Augen. Vielleicht schließen sich die Lider von selbst. Seine Schläfe lehnt sich an die Mauer und die Hand, die die vergilbten Blätter festhält, fällt auf Schal und Regenmantel, die inzwischen vom Koffer herabgerutscht sind. Und die andere Hand … Gott weiß, wohin sie gefallen ist. Vielleicht hat die Müdigkeit sie vom Körper getrennt. Denn die Erschöpfung hat ihn völlig aufgelöst, als habe sich ein Teil seines Geistes hinter sieben Vorhängen aus Nebel und Rauch versteckt. Er stellt fest, dass er nirgends ist und doch irgendwo existiert. *»Unter den Gefühlen kann der Mensch die Scham am ehesten erkennen.«* Vielleicht war dieser Satz der letzte, den er mit getrübtem Blick in den Notizen gelesen hatte. Er weiß nicht, wie er seine Brille aufgesetzt hat und woher er die Kraft aufbringt, weiterzulesen:

»Vielleicht spürt der Mensch kurz vor dem Tod, wie sich die letzten Augenblicke des Daseins in Nebel verhüllen, vielleicht fühlt er die Angst vor dem Tod. Für mich ist das einzige Gefühl, das ich wie aus der Ferne und in Rauch und Nebel verhüllt erkennen kann, das Gefühl der Scham, der Scham darüber, dass ich Hörner bekommen habe. Ja, Hörner. Aber warum, warum soll ich Hörner bekommen haben? Weil ich es fühle.«

Gheiss wundert sich überhaupt nicht, dass seine Hand sich unwillkürlich erhebt und vorbei an den geschlossenen Lidern die Stirn betastet. Nicht äußerlich, aber innerlich spürt er die Hörner auf seiner Stirn. Mit Recht spotten also die anderen über ihn. *»Die Leute glotzen mich an, Leute, die ich nicht sehe. Spott, Erniedrigung, vielleicht auch Mitleid! Wie grässlich, wie hässlich!«*

In dieser Stadt ist er ein Fremder, ein Ausländer. Wundern sich die Leute, dass ein Fremder Hörner bekommen hat? Aber sie kennen den Grund nicht. Nur er kennt die Ursache und die Qual. »Ihretwegen habe ich Hörner bekommen, nur ihretwegen, die mich mit ihrem Lächeln anstrahlte. Ich habe die Verachtung nicht verdient. Nun muss ich mich vor den Blicken der Leute verstecken. Es war doch kein Spiel, bei dem ich hoch setzte und nun gestehen muss, dass ich verloren habe. Nein, aber nun empfinde ich, dass mit meiner Seele gespielt wurde. Diese Wunde ist unheilbar. Was habe ich bloß übersehen? Ich war doch das, was ich war. Ich habe mich nicht verstellt, nichts versteckt. Warum auch? Die Zukunft vielleicht? Welche Zukunft? Wie entstand dieser Hass in meiner Brust, woher kommt diese Glut, in welcher Schmiedesse ist dieses Stück Eisen erhitzt worden? Ich fühle mich wie eine glühende Wüste, in der aus elftausend Furchen elftausend Flammen lodern und glühende Steine hinterlassen unter einem frostigen Himmel. Frost fällt herab auf eine Wüste, über der die Sonne aus dem Purpurrot des Abendhimmels entschwunden ist. Die Sonne, die du soeben noch sahst, existiert nicht mehr. Nein, es war keine Täuschung. Wie aber konnten sich plötzlich zwischen ihm und der Sonne Wolken aus Eis bilden? So plötzlich, meine Leila!«

»Du wirst trotzdem mein Ein und Alles bleiben, nicht wahr?«

»Ja, ja, aber dieses Ein und Alles muss sich selbst bleiben können, oder?«

Oh, dieser wichtige und sensible Aspekt war ihm anscheinend nicht in den Sinn gekommen. Er hatte sich vermutlich eingebildet, dass er in eine fremde Haut schlüpfen könnte. Wie leichtfertig! Als ob der Mensch aus einer Sammlung von Ziffern bestünde, von denen man je nach Bedarf einen Teil einsetzen und den Rest zu einem anderen Zweck verwenden könnte. Und nun reden sie, jene Frauen, die jahrelang kein Wort sagten oder eine andere Sprache benutzten. Wie groß ist der Selbsthass, wenn man weiß, dass schwatzende Frauen so über einen herziehen: Fesseh Chatun, Fachimeh und die, die sie geboren hat. So im Strudel des Geschwätzes und der Sticheleien verstrickt zu sein! Dieses süßliche Gerede: »Du musst an deine Zukunft denken, liebe Schwester!«, sagt die eine. »Solange du noch gut aussiehst«, fügt die Zweite hinzu. Und die Dritte: »Wenn eine Frau über dreißig ist …« Gheiss sieht das Stück Kristall, das sich verwandelt hat in eine Puppe im Kreise der Hexen von Macbeth. »Dein Vater ist im hohen Alter, Gott gebe ihm weitere hundert Jahre, aber …«

Nein. Gheiss war nicht naiv. Aber er hatte erwartet, dass auch seine andere Hälfte in aller Ehrlichkeit und Reinheit in den eigenen Spiegel schaut. Es scheint nicht einfach zu sein, jemanden zu töten, zu opfern. Welchem Götzen war Gheiss geopfert worden?

»Sie wird dich, unglücklicher Mann, zur rechten Zeit verlassen.«

»Ekelhaft, ekelhaft, ekelhaft.«

Dieses Wort hatte der vernebelte alte Mann bis zum Seitenende so oft wiederholt, immer wieder, groß, klein und in verschiedenen Formen geschrieben, über hundert Mal, mit der Feder jeder einzelne Buchstabe mehrmals nachgezogen, dass nicht einmal für einen Punkt

Platz übrig blieb. Die Seite wirkte, als sei sie mit Kotze überzogen.

Gheiss muss sich erheben und in irgendeine Richtung auf den Weg machen, solange er noch die Kraft dazu hat. Er weiß, dass seine Übelkeit vom Hunger stammt und von dem vielen Kaffee, den er im Laufe des Tages getrunken hat. Er steht auf, erschöpft und unzufrieden. Wohin soll er gehen? Wieder in das Café? Dort kann er wenigstens bequem sitzen. Sonst braucht er nichts, keine Pizza, keine Makkaroni, nichts. »Möge Gott seine Gaben vermehren.« Das sagte seine Mutter, wenn sie das Brot zu früh aus der Backgrube herausholte und es nicht essbar war.

Gheiss spürt den Verlust seiner Kräfte, in Geist, Seele und Körper. Ja, das ist der Verlust des Lebens. Er konnte den Verlust sehen, fühlen, er merkte, wie sein Leben immer kürzer wurde. Selten sind die Augenblicke, in denen man den eigenen Zerfall spürt. Man kann es auch Altern nennen.

Der Wirt sagt: »Der Kaffee ist kalt geworden, soll ich Ihnen einen neuen bringen?« Gheiss ist hungrig. Er kann nur antworten: »Tee, bitte.« Dann senkt er den Kopf. Wieder die Notizen, wieder seine krankhafte Neugierde. Ihm ist schwindlig. Er schließt die Augen und lehnt sich zurück an das kleine Kissen an der Stuhllehne. Etwas ausruhen, obwohl das Kissen zu klein ist und er seinen Kopf nicht an die Glaswand lehnen kann. Nur einen Augenblick ausruhen. Früher versuchte er, sich zum Einschlafen eine grüne Landschaft vorzustellen, sie zu durchwandern, bis zu einem Fluss mit klarem Wasser. Jetzt gibt es nur einen Gedanken, der ihn für einen Augenblick von all dem Elend befreien könnte. *»Diese Erinnerung an die Wärme und den Duft ihres Atems – in ihm lag die Kraft für den Rest meines Lebens.«* Aber es taucht nur ein Bild im Nebel auf: die Wohnung im zweiten Stock, der alte Mann sitzt am Rand eines Holzbetts, dazu eine verschwommene Erinnerung an die Person, die Gheiss ansah, als sei sie ein Stück wohlgeformtes Kristall. Um sie jetzt in Erinnerung zu rufen, bedarf es eines quälenden Kraftaufwands. Gheiss' Gedanken verheddern sich im Gewirr des Geflüsters tratschender Frauen unter Kopftüchern, welche gesprenkelt sind von Schuppen und befleckt von Fantasien eingebildeten Beischlafs. In dem Haus ist der Fußboden des kleinen Bads glitschig und glatt. Er sieht die Konturen der Hexen von Macbeth, eingehüllt im Dampf. Ihre verfilzten Haare sind mit Henna gefärbt. Ihre Schatten vermischen sich, tummeln sich im Stehen oder Sitzen. Ihr Gekreisch verschlingt jedes Wort. Ihr Gelächter martert das Hirn von Macbeth, der weiß oder nicht weiß, dass diese Hexen an seinem Schicksal basteln. Aus dem Weiß ihrer Augäpfel blitzt Gheiss versteckter Zynismus an. Ihre Zähne, die beim Lachen sichtbar werden, haben die Farbe von Seife. Fesseh Chatun blickt in den vom Dampf beschlagenen Spiegel an der Wand und will nicht wahrhaben, dass sie mit ihren vierundvierzig Jahren uralt aussieht. Der Spiegel zeige ihre Falten am Hals größer, als sie seien, meint sie. Als sie mit der Handfläche und dem dürren Unterarm den Dampf wegwischt, stechen ihre Halsknochen noch auffälliger hervor. Ihre kleinen, runzligen Brüste schaut sie schon gar nicht mehr an.

In dem vom Dampf erfüllten Raum wird immer noch diskutiert. Fachimeh Banu hat der Schwester ihre Meinung bereits gesagt, widersprüchlich durchsetzt von Wut, Neid und Sehnsucht: »Du wirst auch bald dreißig. Versuch jemanden zu finden, der dich beschützt, damit niemand die Hand gegen dich erheben kann.« Sie geht in die Kleiderkabine, zieht mit Stolz den roten Bademantel an und widmet ihre Aufmerksamkeit voll ihrer Verabredung am Nachmittag. Dann überlegt sie noch einmal, was sie am Telefon ihrer Freundin Bita sagen soll, und zwar so, dass es auch ihr Bruder Ardida hören kann.

Jetzt war der Abfluss im dampfenden Bad von Haaren und Schmutz verstopft. Aber die Frauen, die entschlossen waren, der jungen Schwester den letzten Zweifel zu nehmen, und nach neuen Argumenten suchten, um sie zu überzeugen, merkten nichts von der Verstopfung. Das Wasser war hochgestiegen und floss nun, ein Rinnsal von Schmutz, Blut, Seife und Waschpulver, durch die Kleiderkabine in den Hof. Auch Fachimeh, die es eilig hatte, zu telefonieren, merkte nichts von dem überlaufenden Wasser, auch nicht davon, dass beim schnellen Laufen im Bademantel ihre nackten Beine durch die zersprungenen Fensterscheiben des Zimmers gesehen wurden. Ihre Gedanken waren auf das Telefongespräch gerichtet und die kurze Zeit, die ihr noch blieb, um die Haare zu trocknen und sich zu schminken. So ging sie zunächst in das Zimmer im Parterre, nahm aus dem Schrank den Haartrockner und lief hastig die Treppe hoch. Kaum oben angelangt, hörte sie das Telefon klingeln. Sie hielt inne. Sollte der Anruf für sie sein, würde sie zurückgehen und dort das Gespräch so laut führen, dass Ardida es hören könnte. Das Gespräch sollte dem Bruder eine akzeptable Erklärung liefern, warum sie das Haus zu verlassen beabsichtigte. Ihre Vermutung war richtig. Der Anruf war für sie. Wie gehofft, war Bita Djan am Apparat.

Nilufar in diesem dampfgeschwängerten, erstickenden Raum, ausgeliefert all diesen Frauen, die entschlossen waren, ihn aus dem Weg zu räumen … Seitenhiebe, Anspielungen, Warnungen, Geschimpfe und Komplimente zielten nun auf Nilufar. Nein, sie sollte nicht unter diesen Frauen sein. Sie erinnerten ihn an die Hexen, die verführerisch Macbeth den Spiegel des Schicksals vorhielten. Und Nilufar, Morwarid oder Schahrsad – so viele Namen hatte er ihr gegeben – war dabei. Warum hat Macbeth die Hexen nicht getötet? Gheiss weiß es nicht. Aber er, Gheiss, wird sie töten. Die leichten, griffigen, nackten, glänzenden Dolche des alten gebrechlichen Samurai, deren Klingen sich gegenseitig schleifen, kommen ihm in den Sinn. Sie suchen seine Hände, wandern durch alle Furchen seines Gedächtnisses. Ihre scharfen Klingen sind ergriffen vom Wahn, die nackten Hexen, die listigen Verführerinnen, zu töten. Aber die Hände von Gheiss … Nein! In seinem tausendjährigen Leben haben Mord und Blutvergießen nur Hass in ihm hervorgerufen. Wie kommt es aber, dass ihn jetzt dieser Gedanke überkommt, dieser Wahn ergreift? Bereits hört er die Dolche klirren … Wie konnten ihm diese Todeswaffen in den Sinn kommen? Wie können sich Menschen von einem Extrem ins andere Extrem verwandeln? Schau! Schon schwirren die Dolche im Dampf, drehen sich im Kreis. An den Wänden, der Decke, an der Tür Flecken vom schwarzen Blut der Dämoninnen. Eine Rinne aus Blut, Seifenschaum, Schmutz zieht sich durch den Hof. Gheiss ist getrieben, hat sich verloren, erkennt sich selbst nicht mehr. Ist das derselbe Gheiss, der mit vier, fünf Jahren einen Vogel mit einem Schleuderstein tötete und wegen dieses unschuldigen Verbrechens immer noch Gewissensbisse spürt? Ist er das? Noch unglücklicher als Macbeth. Der aber tötete die Hexen nicht. Gheiss hingegen überlässt willenlos seine Hände den Dolchen, die sich in dem von Dampf erfüllten, geschlossenen Raum drehen, so brutal, dass er die Augen vor sich selbst schließt.

»*Wer bin ich, was bin ich?*«

»Lasst die Mutter nicht herauskommen, bis ich ihr eine Decke bringe!«, rief Ardida und rannte auch schon mit einer Wolldecke in der Hand durch den Flur ins Bad. Die Töchter fassten Djan Badji an den Armen und halfen ihr beim Gehen, denn seit ihrer letzten Operation hatte sie Schmerzen beim Gehen. Ardida legte die Wolldecke über ihre Schultern und führte sie geduldig durch den Flur ins Wohnzimmer. Das Wasser im Samowar brodelte schon. Die Töchter bedeckten sich mit ihren Handtüchern, rannten die Treppe hoch und stießen auf Fachimeh, die in einem zitronenfarbenen Unterkleid in die Kammer ging, dort das Licht anmachte, um ein Kleid auszusuchen.

Jetzt kam die Zeit, um die Haare zu trocknen. Fesseh schnappt sich den Haartrockner, stellt sich im Flur vor den Spiegel und trocknet ihre spärlich gewordenen Haare. »Bald werden wir alle zur Hochzeit unserer lieben Schwester uns beim Friseur die Haare färben lassen.« Ihre brüchige Stimme klingt männlich, als habe sie den Stimmbruch. Fachimeh gibt ihr eine bitter ironische Antwort.

Aber jene junge Frau, um die sich alles dreht, steht traurig am Fenster und blickt auf das durch den Hof fließende Blut. Tränen füllen langsam ihre Augen. Die untergehende Sonne ist rötlicher als sonst. Sicherlich denkt sie an den Vater, Senemar, wie er in seinem Zimmer einsam am Rand seines Holzbettes sitzt und auf den Abend wartet, weil er dann seiner Lieblingsbeschäftigung, dem Hören von ausländischen Sendern, nachgehen kann. Niemand weiß, was diesem Mann durch den Kopf geht. Das jüngste Kind, Nilufar, ist neugierig. Sie wartet nicht, bis der Haartrockner frei wird, sondern geht mit nassen und ungekämmten Haaren nach unten, nimmt ein Tablett mit Teekanne, Zuckerdose und Teeglas und bringt es nach oben, ohne auf Fesseh und Fachimeh zu achten, die nun Schulter an Schulter vor dem Spiegel stehen. Langsam öffnet sie die Tür, grüßt leise, stellt das Tablett auf den alten dreibeinigen Teetisch, den sie vor Senemars Knie schiebt. Ihr fällt die Frage ein: »Wollten Sie heute nicht ein Bad nehmen, lieber Vater? Ich hätte Ihnen den Rücken waschen können.« Aber sie sagt nichts. Der alte Mann hat die Stirn auf die Handflächen gelegt. Er rührt sich nicht, bleibt still. Die Tochter kniet nieder. Sie nimmt die Kanne, gießt den Tee in das alte Teeglas, will sagen: »Der Tee wird kalt, lieber Vater.« Aber sie kann nicht. Der alte Mann muss zu sich kommen. Er kommt zu sich und zeigt ein Zeichen von Freude, dass es im Haus noch jemanden gibt, der an ihn denkt.

Nilufar kann nicht lange bei ihm bleiben, denn die Haare trocknen an der Luft und lassen sich bald nicht mehr mit dem Haartrockner frisieren. Sie erhebt sich, fragt: »Brauchen Sie noch etwas?« Nein, er braucht nicht zu antworten. Eine Kopfbewegung genügt. Nilufar sieht erleichtert, dass die großen Finger ihres Vaters nach der Zuckerdose greifen. Sie fragt nicht, ob sie die Tür ganz schließen oder einen Spalt offen lassen soll, und verlässt das Zimmer.

Unten im Parterre ist Fachimeh noch mit dem Schminken ihres Gesichts beschäftigt. Auf der Treppe hört Nilufar: »Wir müssen uns an allen Ecken und Enden einschränken. Soll sie doch abhauen, wenn nun Gott dem Kerl einen Hieb versetzt hat.« Nilufar muss auf den Haartrockner warten, sie wartet aber nicht auf dem Flur, überhört die Äußerung, geht ins Zimmer und setzt sich auf das Sofa hinter der Tür, neben das Telefon. Sie will Gheiss anrufen, ist aber unschlüssig. Sie weiß, dass seine Worte scharf und bitter sein werden. Sie muss einen Vorwand finden. Das ist nicht leicht. Sie weiß, dass Fesseh, um sie zu ärgern, den Haartrockner so lange mit Beschlag belegt, bis ihre Haare sich nicht mehr frisieren lassen.

Gheiss kennt die junge Frau, er weiß, dass sie die Schwächen von jedem in der Familie durchschaut, insbesondere die ihrer Schwestern. Was sie meinen, ist offensichtlich. »Soll sie doch abhauen, diese arrogante Person!« Oder: »Wieso hat die so ein Glück, und ich … wir…! Das ist aber nicht alles.« Abgesehen von der Schwester Asadeh Khanum, die inzwischen Witwe geworden ist, sind die beiden anderen, deutlich älteren Schwestern zutiefst neidisch auf sie. Fachimeh hat ihrem letzten Freier die kalte Schulter gezeigt und nun die Chance zu einer Ehe verpasst. Aber Fesseh … Sie geht zu den Wahrsagern, aber deren Prophezeiungen machen ihr keine Hoffnung mehr. Fesseh wird rasend beim Gedanken, dass Fachimeh nun herausgeputzt aus dem Haus geht und die nächsten fünf Stunden nicht mehr zurückkommt. Fesseh malt sich in ihrer Fantasie fünf goldene Stunden aus, beflügelt durch Fachimes anzügliche Neckereien, mit denen diese die Schwestern, besonders Fesseh, neidisch macht. Doch Fesseh kann ihre Wut nicht an Fachime auslassen, also hält sie sich an Nilufar schadlos. Sie kennt Nilufars Empfindlichkeiten und konnte sie schon immer jederzeit zum Weinen bringen. Auch jetzt noch, wo Nilufar sich ihrem dreißigsten Lebensjahr nähert.

»Bist du endlich fertig mit dem Haartrockner? Meine Haare sind schon so trocken wie Holz!« Nilufar erhält die Antwort: »Es ist deine Schuld. Du hättest dir ein paar Minuten Zeit nehmen und das Bad sauber machen können.«

Nilufar ärgert sich, sie geht zum Fenster, schaut auf den Hof und sieht, dass die linke Seite von schmutzigem Schaum und einer Rinne aus schwarzem Blut bedeckt ist. Sie erschrickt, wendet sich ab und rennt in den Flur. Stark geschminkt geht Fachimeh mit hohen Absätzen die Treppe hinunter, lacht und sagt im Spaß: »Ich gehe zur Fitness. Meine Sportschuhe habe ich auch in die Tasche gepackt. Tschüs.« Zum Glück läuft laut der Fernseher, so dringt das Klappern ihrer Absätze nicht zu den Ohren des Bruders. Obwohl Fachimeh sich sicher ist, dass die Mutter Ardida in ein Gespräch verwickelt hat, um ihn abzulenken. Außerdem hatte Ardida ihr Telefongespräch mit Bita Djan gehört und nichts dazu gesagt. Dennoch öffnet sie die Haustür leise und geht hastig durch die Gasse bis zur Straße, wo ein Taxi wartet.

Im Flur des zweiten Stocks wird Fesseh auf einmal liebenswürdig, denn jetzt kann sie über Fachimeh lästern, und Nilufar wird ihr zuhören. Sie schimpft wie eine Großmutter und erteilt dabei gute Ratschläge. Jeden Makel von Gheiss hebt sie einzeln hervor. »Lass mich dir die Haare trocknen, gib mir den Trockner. Setz dich auf den Hocker, ich drehe den Spiegel nach unten, damit du siehst, was ich mache.« Sie überredet Nilufar, sich zu setzen. »Du kannst dich doch im Spiegel sehen, bist ja nicht so klein gewachsen wie ich. Deine Gestalt ist so hoch wie eine Zypresse. Kein Wunder, dass der arme Kerl dich so poetisch besingt. Was macht er jetzt, was will er eigentlich? Vor drei, vier Jahren, als dieser Taugenichts auftauchte, fragte ich ihn: Was wirst du tun, wenn sie dich eines Tages verlässt? Er blieb nicht mal stehen, schaute mich auch nicht an, ging weiter und sagte: Ich würde sofort alt werden und einen krummen Rücken bekommen … Damals war er noch keine fünfzig, oder vielleicht gerade fünfzig, aber sicher nicht älter. Aber jetzt …?«

Nilufar wird vielleicht gesagt haben: »Ich weiß es nicht, ich weiß es nicht!« Aber Fesseh lässt nicht locker. Man sagt, das Reden bei Menschen ist wie Wiederkäuen. Wenn aber eine redet wie Fesseh und wenn ihr Gegenüber die jüngere Schwester ist und es dabei um Liebe, Trennung und Heirat geht, und wenn dazu noch der Neid kommt, dass die zehn Jahre jüngere Schwester so viele Jahre ihres Lebens ganz von der Liebe erfüllt war – dann gibt es kein größeres Vergnügen, als darüber zu reden, reden, reden …

Fesseh hatte mit einem positiven Blick auf Gheiss das Gespräch begonnen, und zwar just in dem Augenblick, als Nilufar im Spiegel sah, wie die Tränen über ihre Wangen herabrollten. Sie versank in wohliger Trauer, sie mochte die Tränen. Sie linderten das Schuldgefühl, das sie bei ihrem Vorhaben belastete. Fesseh kennt das

Gemüt ihrer Schwester allzu gut, ist mit ihrem stillen Weinen wohl vertraut. Sie weiß, dass sie in dieser Stimmung keine Ratschläge erteilen darf, vor allem darf sie in solchen Momenten nichts Negatives über Gheiss sagen. Wie oft hat sie Nilufar beteuert, dass sie ihrer Liebe große Hochachtung entgegenbringt. Doch für solches Mitgefühl ist die Zeit abgelaufen. Dieses Jahr soll ein Jahr des Glücks werden, des Glücks für alle Mitglieder der Familie. Wenn das Glück einem Familienmitglied zuteilwird, wird sich der Knoten des Glücks auch bei den anderen lösen, glaubt Fesseh. So Gott will, wird sich alles zum Besten wenden. Vielleicht wird auch der Hausherr sich wieder um die Familie kümmern, und auch Asadeh Khanum kann ein neues Leben beginnen. Schließlich muss sich der Vater um die eigenen Kinder sorgen! Wir wissen doch alle, dass das Einkommen der Familie knapp ist. Wenn es weniger Leute zu versorgen gibt, haben die anderen mehr Luft.

Am meisten zeigt sich das Drängen, Nilufar aus dem Haus zu treiben, bei der Mutter. Auch die anderen verfolgen, je nach dem Grad ihrer Klugheit offen oder versteckt, dasselbe Ziel. »Meine Mutter hat mich nie geliebt. Sie war vernarrt in ihre Söhne, vor allem in Ardida, danach kam Fachimeh. Schon als sie mit mir schwanger war, versuchte sie, mich mit allen möglichen Tricks abzutreiben. Doch ich blieb am Leben!« Immer noch rollen Tränen über ihre Wangen. Sie erhebt sich vom Hocker: »Mir reichts, zum Teufel mit diesen Haaren!« Der laufende Haartrockner bleibt eine Weile in der Hand Fessehs, dann schaltet sie ihn aus und zieht den Stecker aus der Steckdose.

Nilufar setzt sich wieder auf den Sessel neben das Telefon. Sie ist unschlüssig. Soll sie Gheiss anrufen oder es lieber sein lassen? Die Ratlosigkeit quält sie. Fesseh steht vor dem Spiegel, schminkt ihre Augen und beobachtet im Spiegel Nilufar, die wie benebelt ins Leere starrt. Ihre Hand liegt wie festgeklammert auf dem Telefonhörer. Das unerwartete Klingeln des Telefons schreckt sie auf und löst ein Beben in ihrem Körper aus. Rasch zieht sie ihre Hand vom Hörer weg, als habe sie sich verbrannt. Sie wagt nicht abzunehmen. Fesseh geht ans Telefon. »Es ist für dich«, sagt sie.

Nilufar drückt den Hörer an ihr Ohr und hört: »Ich bins.«

Die Brücke. Er bleibt unter der Brücke stehen, eine Erinnerung lässt ihn erstarren. Die Straße, die Treppe … Diese Straße muss zu einer Gasse führen, er sucht sie in seinem Gedächtnis. Er wird sie finden, wenn nicht im wachen Zustand, dann im Schlaf. Vielleicht war er schon einmal dort, aus Neugierde. Ja, einmal. Er erinnert sich. Fattah, es war das Haus von Fattahs Mutter. Es war in den Jahren, als er in der Umgebung der Metzgerei gearbeitet und gewohnt hatte. Genau kann er sich nicht erinnern. Aber das Haus der Mutter von Fattah ist in seinem Gedächtnis haften geblieben. Durch den Hauseingang kamst du in eine Vorhalle, zwei Treppen führten hinauf in den ersten Stock. Im Parterre befanden sich einige Zimmer mit Fenstern zum Hof. Gheiss ging mittags dorthin. Es gab immer einen reich gedeckten Tisch, mit Gemüse, Radieschen, Gurken, Safranreis mit wohlschmeckenden Zutaten und Saucen. Nach dem Essen Wassermelone und mit Eis gekühltes Wasser. Danach wurde Tee serviert.

Er ging oft zu Fuß über diese Straße zum Haus von Fattahs Mutter, die dort mit ihren Söhnen wohnte. Es war ein altes Haus mit einem großen Hof. Aber die

Gasse … Nein, nein … Warum hat sich ihm das so eingeprägt? Vielleicht weil Fattah ihm von zwei Frauen erzählte. Als er einmal durch die Gasse ging, hatte er eine Frau weinen gehört. Sie war von ihrem Mann geschlagen worden und aus dem Haus geflüchtet. Eine andere Frau tröstete sie und sagte: »Sei froh, dass du wenigstens jemanden hast, der dich schlägt!« Das Bild einer Gasse, in der hinter einer verschlossenen Tür eine Frau weint und eine andere sie beneidet. An welcher Stelle der Straße befindet sich die Gasse? Es war keine Sackgasse. Oder doch?

»Unser Haus ist ein Neubau.« Vermutlich eines jener typischen Häuser aus den Zwanziger-, Dreißigerjahren: Der Eingang führt zu einem Flur, rechts oder links liegen zwei Zimmer, danach kommt man auf den Hof. Solche Häuser sind zwei- oder dreistöckig. Gheiss hatte solche gesehen, die zwei Stockwerke hatten und im dritten Stock nur ein einziges Zimmer. Man kann sich vorstellen, dass der alte Mann, Senemar, sich in ein solches Zimmer zurückgezogen hat. Gheiss kennt solche Männer, oder er kann sie sich gut vorstellen. In seiner Jugend kamen sie ihm wie Helden vor, waren seine Vorbilder. Typen, deren Knochen durch die Härten des Lebens zu Stahl geworden waren. Männer, die allein für ihre Arbeit und ihre Überzeugungen lebten, von keinerlei Zweifel geplagt. Zielsicher schritten sie durch die Gassen, den Blick zum Boden gesenkt, vorbei an den spielenden Kindern, von deren glücklicher Zukunft sie überzeugt waren. Hoffnung, Arbeit, Überzeugung und schwere

Arbeit. Es waren die Männer der Jahre nach dem Zweiten Weltkrieg.

»Er hört immer noch das persische Programm des russischen Senders … Und zwar so laut, dass die Nachbarn mithören können.«

Ja … Allmählich kann man sich auch diesen Mann vorstellen. Sicher ist er tapfer und von großer Gestalt, nicht dürr und lang, sondern kräftig gebaut. Sein Blick ist klar und gezielt, wie bei all jenen, die eine Überzeugung haben. In ihren Augen sieht man eine Beständigkeit, die Schwankungen oder Zweifel selten zulässt. »Einmal hat er Asadeh geohrfeigt, sodass sie eine ganze Woche taub war.« Das war, als sie sagte, sie wolle »diesen Mann« heiraten, diesen und keinen anderen. Senemar hatte kein Wort gesagt, er gab ihr nur eine kräftige Ohrfeige, ging vom Hof durch den Flur und stieg die Treppe hoch zu seinem Zimmer.

»Asadeh legte die Hand auf das Ohr und ging durch die Tür hinaus.«

Man kann sich die Stille, die in diesem Haus herrscht, vorstellen. Der Baumeister Senemar öffnet die Tür seines Zimmers und setzt sich auf den Bettrand. Er stützt die Ellbogen auf die Knie und starrt auf den alten handgeknüpften Teppich. Er raucht nicht, die Stirn ist auf seine beiden geballten Fäuste gestützt. Die Augenlider sind nicht geschlossen, aber auch nicht ganz offen. Verworrene Gedanken und Vorstellungen suchen ihn heim. Asadeh ist seine älteste Tochter, sie muss als Erste verheiratet werden. Was wird aus den anderen Kindern?

»Damals war ich noch sehr klein. Überwältigt von Angst rannte ich hinter den Ofen und versteckte mich. Damals wurden die Öfen noch nicht mit Gas geheizt.«

Vermutlich weiß der grübelnde Senemar nicht, auf welche Fragen er jetzt eine Antwort finden soll. Muss er sich überhaupt Fragen stellen? Ja und nein. Asadeh hatte erzählt, sie sei mit ihrem Verlobten ins »Café Casanova« gegangen. War das der Name einer Person oder eines Ortes? Solche fremden Namen hörte man neuerdings häufig. Wo musste Senemar, der ein Mann mit Würde war, mit Nachdenken beginnen? Er stand nicht auf, um auf die Dachterrasse zu gehen und ein wenig Luft zu schnappen. Er blieb einfach sitzen, bis der Schatten einer Frau ihm eine Karaffe Wasser und ein Glas brachte und das Zimmer wieder verließ.

»Sie konnten sich nie vertragen, nie sprachen sie miteinander. Ich lebte wie zwischen den zwei Klingen einer Schere …«

Sie verstummt, schweigt minutenlang, wischt die Tränen von ihren Wangen. Dann sagt sie: »Ich liebe sie nicht, wie man eine Mutter liebt. Ich habe nur Mitleid mit ihr. Ich habe nicht das Gefühl, ihr Kind zu sein.« Es ist klar, für Gheiss liegen die Verhältnisse klar und hell zutage.

Er fragte sich, was Senemar an jenem Nachmittag machte, bevor er am Abend wieder seine Auslandssender hören konnte. Könnte man doch, dachte er, in das Innere der Menschen hineinschauen und herausfinden, was sich in den unzähligen Winkeln verborgen hält. Aber im selben Augenblick fand er die Antwort: Es ist nicht möglich, etwas zu erkennen, das sich so schnell bewegt, dass es sofort wieder verschwunden ist. Aber er kann sich vorstellen, dass Senemar sich schließlich erhebt, die Treppe bis zum ersten Absatz hinuntergeht, sich dort vor den kleinen Spiegel stellt, der über dem Waschbecken an der Wand hängt, und sein Gesicht wäscht, ohne in den Spiegel zu schauen. Es gibt nichts auszusetzen. Das Handtuch ist sauber.

»Wie weit bin ich gekommen, wohin gehe ich, wo bin ich?«

Gheiss steht auf dem Treppenabsatz wie Senemars Schatten, fürchtet sich, nach unten zu schauen, und sehnt sich danach, sich in dieser fremden Stadt in die Wohnung seines Freundes hochzuschleppen, die Tür des kleinen Zimmers zu öffnen und sich auf das Klappbett zu werfen. Wo bin ich? Nirgends. Die siebenundfünfzig, achtundfünfzig Lebensjahre lasten auf seinen Schultern. Ja, er ist nirgends, außer in Gedanken. Seinen Körper spürt er nur durch die erbarmungslose Erschöpfung. Regenmantel, Schal und Koffer in der einen Hand, und in der anderen das Notizbuch, das er mit den Fingern festhält wie ein wertvolles Erbstück, das von seinem Vater stammt. Es ähnelt sehr dem Notizbuch aus Altpapier, das er vor mehr als dreißig Jahren für seinen Vater gekauft hatte, damit er seine Sorgen niederschreibt. Das sind deine Notizen, Vater, oder bilde ich mir das nur ein?

»Meine Tage vergehen, wie der Alltag anderer Menschen. Aber sobald die Nacht einbricht, verwirrt mich schon ein einziges Wort.

Die Tage verbringe ich mit den Schmerzen des Körpers. Aber nachts verwandle ich mich in Trauer, und die Trauer verwandelt sich in mich.

Nur die Liebe zu dir bleibt in meinem Herzen und gehört zu mir wie die Finger zu der Hand.«

Der Mann, der verschwand, hatte diesen Fetzen von einem Gedicht notiert, das dem arabischen Dichter al-Qais, dem Besessenen, zugeschrieben wird. Offenbar hat er sich an das Original gehalten und nicht ergänzt. Er hätte ja auch weiterfahren können:

Verloren sind meine Tage und Nächte. Und nachts … da fühle ich mich wie ein Hund. Hunde sind verdammt zum Hundeschlaf …

Vielleicht ist er gar nicht verwirrt, nur nervös und nachdenklich und hat einen unruhigen Schlaf, einen Hundeschlaf eben … Deshalb haben Hunde ein kurzes Leben. Wegen der Plagen der Nacht lassen sie sich mittags wie eine Leiche in eine Ecke fallen. Hunde bekommen auch Tollwut. Warum sollen Menschen, die sich in Hunde verwandeln, nicht auch Tollwut bekommen? Menschen besitzen ja nicht die Eigenschaften der Tiere, sondern auch die der Pflanzen und Mineralien. Warum soll ich mich also wundern, wenn ich mich nachts in einen Hund verwandle, der vielleicht bald Tollwut bekommen wird, aber keine Ahnung davon hat?

Wie ausgeglichen ich einst war, und wie unruhig ich geworden bin! Das Schlimme ist, dass ich mich selbst nicht mehr beschreiben kann. Wie kommen diese Bilder von zwei polierten, glänzenden, griffigen Samurai-

Dolchen in mein Hirn? Ich trage meinen halb toten Körper mitsamt dem Regenmantel, dem verdammten Koffer und dem langen Schal über den Gehsteig. Wer mich sieht, denkt vielleicht an den alten Trödler bei Sadegh Hedayat, der mit seiner Kutsche eine Leiche beförderte. Ich sehe nur äußerlich anders aus, auf diesem sauberen Gehsteig und unter gut gekleideten Menschen, die den alten Kutscher sicher nicht kennen. Aber ich kenne ihn und kann mich aus Abstand betrachten. Tatsächlich sehe ich dem alten Trödler ähnlich. Niemand kann ahnen, was in mir vorgeht. Niemand merkt, dass es in meinem Inneren zugeht wie in diesem Trödler, der bei Nacht mit seiner Kutsche einen Koffer beförderte, in dem die zerhackte Leiche seiner Frau lag, die er irgendwo außerhalb der Stadt in einem Loch verschwinden lassen wollte. Doch, ich ähnele ihm. Regenmantel, Schal, und in diesem Koffer meine Leiche. Ich schleppe sie, bis die Nacht kommt, bis ich mein Ziel, mein Hundedasein erreiche. Ich sehne mich sogar danach. Vielleicht taucht bis dahin mein Gastgeber auf. Dieser Tag, dieser farblose Abend ohne Wolken und Sonne, raubt mir den Rest meiner Kraft.

Die Fetzen dieses Gedichts lösen eine Furcht in mir aus, eine tief sitzende Furcht. Noch nie habe ich die Bedeutung der Hoffnungslosigkeit so gründlich begriffen. Was ich vor mir sehe, hat nur zwei Gesichter: Tod oder Hass. Der Tod kann mich nicht zufriedenstellen. Ich kann die Trauerklagen der anderen nicht ertragen. Wenn es mir möglich wäre, würde ich testamentarisch festlegen, dass niemand hinter meinem Sarg hergeht. Allein die Vorstellung löst Entsetzen in mir aus. Warum eigentlich? Sollen doch auch die Schmeichler zum Zug kommen. Solche ekelhaften Menschen muss man doch auch im Leben ertragen. Jedenfalls habe ich keine Lust auf vorgetäuschtes Mitleid. Außerdem weiß ich, dass ich einen Freitod nicht akzeptieren werde. Ich habe mich oft damit beschäftigt, und jedes Mal bin ich zu demselben Schluss gelangt: Nein, ich bleibe am Leben, ich bleibe. Ich werde alles ertragen, ich werde leben, hin- und hergerissen zwischen der Person, die ich war, und einem Hund. Mein Vater sprach oft von der Geduld eines Mühlsteins. Aber wie soll ich diesen Hass, der aus meinem Innern sprüht, aushalten, Vater?

Ich war völlig berauscht von der Liebe … Und ich sagte voller Überzeugung: »Gott hat dich zu mir geschickt, zur Vergeltung meiner Liebesqualen, du Ebenbild Gottes!« Und nun soll mein Glauben, meine erlebte Wirklichkeit nichts anderes gewesen sein als eine billige Lüge? Hatte denn nicht das klare Wasser im Teich unter dem Licht meines Blickes gefunkelt? Waren das nicht die hellsten Augenblicke meines Lebens? Sie war die absolute Wahrheit, sie war rein, genau die Person, die ich, ohne es zu wissen, ein Leben lang gesucht hatte.

»Dich hat Gott zu mir geschickt zur Vergeltung meiner menschlichen Liebesqualen, du Ebenbild Gottes!«

Das hatte ich ohne Bedenken gesagt, aber nicht hinzugefügt: »Hüte dich vor dem Teufel.« Sie erschien mir wie ein Engel, hervorgegangen aus herrlich duftender Erde, benetzt mit Blumenwasser bei aufgehender Sonne. Als ich meinen geschwächten Körper aufrecht hielt in der Hoffnung auf eine Botschaft, die meine Sehnsüchte stillen würde, kam sie so rechtzeitig, dass ich an ein Wunder Gottes glaubte. Sie hauchte mir ein neues Leben ein zu einer Zeit, in der Wahrheit und Aufrichtigkeit erbarmungslos vernichtet wurden, in der ein Strom aus Eiter und Blut alles hinwegfegte, auch mich. Sie schenkte mir siebzehn Frühlinge, die in der winterlichen Vorratskammer versteckt waren.

»Wunderbar, ich habe sie ein Leben lang gesucht, ohne sie gekannt zu haben«, dachte ich. Wusste sie selbst, dass sie ein Wunder war?

Nur vergaß ich, sie vor bösen Blicken zu warnen.

Der alte Mann, der verschwand, hat ein Gedicht von al-Qais, dem Besessenen, aufgeschrieben:

»Ihre weiße Gestalt ist rein und ebenmäßig wie der Mond in der kalten Wüstennacht.

Alle bewundern sie, aber ihre Schönheit weckt Neid.

Ich sehe die Tränen aus ihren glänzenden schwarzen Augen herabfließen,

Augen, die kein Antimon benötigen.

Eine Geliebte, die sich hinter ihrer Scham versteckt, wenn über sie geredet wird.

Aber wenn sie redet …«

Ja, der Mann, der verschwand …

Dort, im Oberstock des Hauses, vergeht der Nachmittag langsam. Senemar hängt das Handtuch an einen Nagel, setzt sich auf den Teppich, lehnt den Rücken an ein Kissen und betrachtet durch das Fenster den Himmel. Ein Mann, der sich im eigenen Haus, das er selbst gebaut hat, fremd geworden ist, nicht auf einmal, sondern nach und nach. Er kennt jeden Stein. Es ist kein Irrglaube. In solchen Minuten des Lebens baut man jeden Augenblick seines Daseins auf die Arbeit. Noch ist er nicht dazu gekommen, die Fassade zu streichen, nicht einmal die Wände seines eigenen Zimmers. Der Gips ist inzwischen vergilbt. Dieses Zimmer und die Einsamkeit sind das Einzige, was ihm von seiner lebenslangen Arbeit übrig geblieben ist. Wenn er nachmittags nach Hause kommt, geht er, ohne in die Zimmer im Erdgeschoss hineinzuschauen, die Treppen hoch in sein Zimmer, öffnet einen Spalt das Fenster, das zur Dachterrasse geht, und setzt sich an den Bettrand.

Wie jeder Vater, kann er seine Kinder nicht verabscheuen, ebenso wenig können seine Kinder ihn hassen. Aber durch die Beziehung fließt eine kleine Rinne von Gift. »Seit Jahren reden sie nicht miteinander …«

Ja, man kann es sich vorstellen. Eine Frau kann unter ihrem linken Zahn einen kleinen Giftbeutel versteckt halten, das Gift mischt sich in ihren Atem, und mit jedem Wort wird die Atmosphäre zwischen ihr und anderen vergiftet. Dabei achtet sie darauf, dass das Gift nicht auf einmal zerstreut wird, damit es nicht tötet. Mord darf nicht sein. Zugleich hütet sie sich davor, ihr Opfer, das sie quälen will, zu vernichten, denn dann bliebe sie allein mit ihren unerfüllten Wünschen. Der Mann, den man ihre andere Hälfte nennt, führt nur ein Schattendasein. So vergehen zwanzig Jahre im Leben eines Mannes, der durch langsame Vergiftung allmählich zermürbt wird.

»Man hat tausend Versuche unternommen, um mich abzutreiben, aber …«

Warum hat man ihr das erzählt? Beschäftigen sich Frauen, die keinen Beruf haben und nicht außerhalb des Hauses arbeiten, mehr mit Themen, die um die Gebärmutter kreisen? Tausend Gründe, über die man nachdenken könnte. Die Erfahrung der Schwangerschaft von der Bildung der Leibesfrucht bis zur Geburt, die so schmerzhaft und kompliziert sein kann, ist etwas, das Männer niemals begreifen können. Mehr als zweihundertsiebzig Tage und Nächte mit einem Lebewesen im eigenen Leib zu leben, einem Wesen, das von einem selbst stammt und doch ein anderes Wesen ist als man selbst. Ist eine solche Erfahrung von Liebe und Qual nicht die wichtigste im Leben? Weshalb sollte sie nicht das bevorzugte und berechtigte Gesprächsthema für eine Frau sein? Eingeschlossen alle ungewöhnlichen Erlebnisse bei der Schwangerschaft, die Voraussagungen der Wahrsager, die Heilung der Krankheiten, die Geschichten der Hebammen und die Qualen, die die Mutter ertragen musste. Hin und wieder verstecken sich unter den Wurzeln mancher Worte verborgene Hintergedanken. Sah nicht Nilufar ihrem Vater auffallend ähnlich? Doch!

»Nur mein Vater liebte mich …« Und es dauerte sieben Jahre, bis der Satz halbwegs beendet wurde: » … leidenschaftlich und fanatisch!«

»Du bist das Kind, das nach meiner Haft geboren wurde.«

»Niedertracht!« Ja, der alte Mann, der in seinem grauen Regenmantel im tiefen Nebel des Friedhofs verschwunden ist, hat lange bei diesem Wort verweilt. Man merkt, dass er mit der Feder jeden Buchstaben mehrmals nachgezeichnet hat.

Verschlossene, schweigsame Männer. Dieser alte Mann des Ostens redete selten und meist nur mit sich. Mit wem hätte er auch reden können? Was ihn umtreibt, hat er dafür auf Altpapier notiert. Wie oft begegnet man einem Menschen im Leben, mit dem man wirkliche Gespräche führen kann? Wie oft führt eine Bekanntschaft zur engen Freundschaft? Wenn man das fünfundzwanzigste Lebensjahr überschritten hat, wird dieses Glück selten. Danach lässt die Zeitverschwendung keinen Raum für die Pflege der Freundschaft.

»Die paar Freunde, die ich hatte, verlor ich, bevor ich vierzig wurde. Die Ereignisse hatten sie mir geraubt. Ich blieb allein zurück. Eine stumme Leere herrschte in meinem Schädel, in meinem Herzen, auf meiner Zunge. Wem sollte ich mitteilen, was mit mir geschehen war und warum? Wenn man ganz tief in einer Krise steckt, glaubt man, andere würden es merken. Auch ich glaubte, alle wüssten, was mir widerfahren war, dass ich einsam war wie eine vereinzelte, verdorrte Pflanze am Rande der Wüste in der Kälte des Winters. Als sie kam, dachte ich, Gott sei mir zur Hilfe gekommen und habe die Tochter zu mir geschickt. Ein Engel, als Ausgleich meiner Qualen, die ich in Würde zu tragen versucht hatte.«

Warum aber hat dieser Mann des Ostens stets seine Faust geballt, wenn er seine Liebe bezeugte, und alles erzählt, was ihn bewegt? Die Frauen, selbst wenn sie sich gänzlich fremd sind, kommen sich schon bei der ersten Begegnung nah. »Wie gut passt die Farbe deiner Haare zu deiner Haut.« Sie sprechen über die Farbe der Augen, die Taille, die Weite von Brust und Gesäß, die Linie von Schenkeln und Waden. Sie reden mit der Schneiderin, der Wäscherin, der Amme und tauschen bald auch ihre Erfahrungen beim Beischlaf aus. Anders die Männer, die Männer des Ostens …

»Ich kann nicht, konnte nicht über das sprechen, was ich im Herzen spürte. Einmal sagte ich: Du bist reifer geworden als das letzte Mal.« Nur das. Und danach tausend Dinge, um ja nicht von der Liebe zu sprechen.

»Ich habe einen Füller für Sie gekauft.«

Du fragst nicht nach dem Grund. Aber sie hört das Unausgesprochene. »Sie haben doch heute Geburtstag!«

Es ist erstaunlich, noch hat mich niemand daran erinnert.

»Mobarak, gratuliere!«, sagt sie.

»Welchen Mobarak meinst du? Mobarak ist bei uns der Name des schwarzen Sklaven bei den Possenspielen.« Ich versuchte es mit einem Scherz. Sie war gekommen, um dem Mann, den sie auserwählt hatte, die geballte Faust zu öffnen, seine lebenslange Bitterkeit zu vernichten. War das der Mann, den sie sich in ihren Träumen ausgemalt hatte? Versuchte sie, mit sanfter List einzudringen in eine verhärtete Seele, die sich mit jedem Schlag, jedem Tod, jedem Blutvergießen, jedem Albtraum tiefer verbarrikadiert hatte? Hatte sie sich von meinem Namen blenden lassen? Aber nein … ihre Wachsamkeit war deutlich merkbar, gepaart mit einer inneren List. Sie konnte nicht übersehen, was in mir vorging. Ihre Augen verrieten es, und ich sah in der Tiefe ihres Blickes einen Mann, Senemar. Er saß am Rand seines Einzelbetts, hatte seine Stirn zwischen den geballten Fäusten versteckt, um hinter den Fensterscheiben die untergehende Sonne nicht zu sehen, und wartete, bis die Wellen der Auslandssender den Himmel des Landes von Masdak und Darius erreichten.

»Aber der Satan gibt nie Ruhe.« Das hatte der alte Mann geschrieben. *»Tag für Tag sitzt er gegen die Liebe auf der Lauer, jeden Tag zieht er ein anderes Hemd an und spricht eine andere Sprache, am liebsten in den Worten des*

gemeinen Volkes, dessen Riten und Gewohnheiten er aufs vollkommenste beherrscht.«

»Er ist nicht mit dir vermählt und du nicht mit ihm. Die Vermählung ist ein Glaubensakt, ein religiöser Vertrag. Und bis jetzt hast du ja nicht … Es reicht jetzt. Du kannst ihn loswerden. Ob religiös oder weltlich, das spielt keine Rolle.« So etwa könnte Fesseh geredet haben. Sie feiert bald ihren vierzigsten Geburtstag, im Gästezimmer im zweiten Stock, dort wo sie seit dreißig Jahren nachts einen Puppenbären mit weichem Fell zwischen ihre Schenkel legt und die Augen schließt, in der Hoffnung, einschlafen zu können. Sie passt in kein Kleid, denn ihre Beine sind kurz, ihr Oberkörper ist lang und ihre Schulterknochen reichen ihr fast bis zu den Ohrläppchen.

Ja, so wird sie geredet haben, näselnd, krächzend: »Du musst an deine Zukunft denken!«

Recht hat sie. Denn als sie siebenunddreißig Jahre alt war, hielt ein Auto vor ihr an. Der Fahrer ließ sie einsteigen und wollte sie gleich zu sich nach Hause nehmen, in ein Haus, aus dem Frau und Kinder nach Kanada ausgereist waren. Dagegen war nichts einzuwenden, nur dass der Mann ein künstliches Auge hatte, seine Nase und die Hälfte seines Gesichts waren gezeichnet von einer alten Verbrennung, die Haut war von Falten durchzogen. Er war Fessehs letzte Chance, abgesehen vom Angebot eines Fahrers in ihrem Büro, der allerdings bereits eine Frau und zwei Kinder hat, von denen eines mongoloid ist.

»*Vertanes Leben!*« Der alte Mann, der verschwand, hatte notiert: *»Das Töten der Seele eines Menschen ist ein Mord ohne Blutvergießen, den auch sanfte Frauen begehen können.«*

Ich weiß es. Sie hat mehr als nur meine Seele beherrscht. Wortlos, ahnungsreich und friedvoll ist die Sprache der Liebe, sie hofft und baut auf den vertrauten Gesprächspartner. Doch wie überraschend kann sie sich in die dreiste, gewöhnliche Sprache des Alltags verwandeln. Dann wirst du stumm und fällst in ein tödliches Schweigen. Der Tod legt seinen Schatten auf dein Antlitz, du senkst den Kopf und hoffst, den Schlägen, die auf dich herabhageln, widerstehen zu können. Es ist, als läge ein Teppich aus deinem Blut auf einer Kreuzung, die du nicht kennst, und du siehst Schuhe, die davon unberührt darüberlaufen, ohne blutig zu werden. Als wärst du eine Taube, fallen deine Federn herab auf den blutigen Gehsteig. In welcher Verzweigung eines in Nebel getauchten Labyrinths wirst du verenden …

In dieser Stadt gibt es einen berühmten Fluss, der, wenn er von hier weiterfließt, in zwei, drei Tagen jene Stadt erreichen wird, die als die schönste der Welt gilt. Es ist dieser Fluss, der den Schriftsteller Sadegh Hedayat einmal in Versuchung führte, sich ihm hinzugeben. Als er sich hineinstürzen wollte, breiteten sich die Flügel seines grauen Regenmantels aus wie Vogelflügel und trugen ihn davon.

In dieser Stadt gibt es Hochhäuser, die fast bis zu den Wolken reichen. Die höchsten gehören den Banken und

Versicherungsgesellschaften. Wenn du vom Dach eines dieser Hochhäuser herabspringst, erfrierst du oder bekommst einen Herzschlag, bevor dein Körper aufs Pflaster fällt. Aber obwohl du schon tot bist, zerplatzt dein verdammter Körper beim Aufprall und verschmiert die Straße vor den Augen von Passanten – das ist ihnen nicht zuzumuten, nur weil du dich von seiner Last befreien wolltest. Es gibt noch andere Wege. Zum Beispiel, du hungerst weiterhin, trinkst nicht einmal einen Kaffee, bis du schwächer und schwächer und schließlich gänzlich ausgehöhlt wirst. Wie auch immer, der letzte Satz wird sein: *Vertanes Leben!*

Ich muss mich setzen, aber wohin? Wieder einen Kaffee trinken. Wie viele denn noch? Dann wird wieder der Wirt kommen, mit Bleistift und Notizblock in der Hand, und sich wie ein Roboter vor dich stellen … Die Bestellung einer Tasse Kaffee muss doch nicht notiert werden. Aber was solls. Hier hat alles seine Ordnung. Außer dir. Das Problem bist du. Du bist geistesabwesend. Was kann so ein grimmiges, verschlossenes Wesen denn von seinen Mitmenschen erwarten? Lass mich überlegen.

Könnte es sein, dass mein Gastgeber mich ganz einfach nicht mehr ertragen kann? Er hatte einmal gesagt, dass man hierzulande niemanden vor zehn Uhr morgens anrufen darf. Es sei die Zeit der Ruhe. Ich habe die Bemerkung wohl verstanden.

Sie rief aus Teheran an, sobald sie dort morgens ins Büro kam, ohne auf den Zeitunterschied zu achten. Wir telefonierten mehrmals am Tag. Mein Gastgeber kam in der Regel um Mitternacht von der Arbeit zurück. Wenn er aber noch zum Essen ging oder einen Wein trank, fand er erst gegen drei Uhr morgens ins Bett. Sein Unmut über das Klingeln des Telefons am frühen Morgen in dem kleinen unaufgeräumten Zimmer war also berechtigt. Aber beschwert hatte er sich nie, ein lieber und zuvorkommender Mensch. Ich nenne ihn Assef. Bevor Assef etwas sagte, breitete sich ein freundliches Lächeln über sein Gesicht. Unter den Exilanten, die ich kenne, ist er der einzige, der noch lacht und zufrieden lebt.

Er setzt sich. Es ist egal, wohin. Vielleicht auf den Koffer. Aber nein, der Koffer ist so demoliert, dass man sich nicht daraufsetzen kann, nicht so wie die stabilen Koffer, auf die sich Passagiere im Bahnhof gelegentlich setzen. Vielleicht hockt er sich nur hin, so wie sein Vater, der sich nach langem Weg hockend an eine Wand lehnte und sich eine Zigarette anzündete. Gheiss wusste nicht, worüber der Vater grübelte. Er konnte sich erinnern an die Schweißperlen auf der Stirn des Vaters. Auch an seinen umherirrenden Blick, der zu fragen schien: Was kann ich dagegen tun? In solchen Momenten war Gheiss kein Kind mehr. Er wurde nicht ungeduldig, setzte sich unauffällig neben den Vater, als wäre er sein Schatten. Er schwieg, er wusste, dass er den Vater beim Nachdenken nicht stören durfte. Selbst wenn er einen Erdklumpen in der Hand hatte, knetete er so leise daran herum, dass der Vater es trotz seines sensiblen Gehörsinns nicht hörte und wütend wurde. Gheiss kannte sehr wohl die Empfindlichkeiten seines Vaters. Vielleicht sprach ihn der Vater darum wie einen Erwachsenen an. Er erhob sich kurz, streckte die Beine, hockte sich wieder hin und sagte: »Es hat wieder nicht geklappt. Der verdammte Kuppler hat wieder nicht eingewilligt.« Jedes Wort brannte sich dem Sohn ins Gedächtnis. Vor dem Weitergehen sagte er: »Brechen wir auf.« Gheiss lief neben ihm her wie sein Schatten, und er fühlte sich mit dem Vater so innig verbunden, dass er ihn hätte fragen können: »Was hat nicht geklappt?« Aber er tat es selten. Denn seine kindlichen Gefühle sagten ihm, dass eine solche Frage störend sein könnte, zumal eine Antwort auf das, was nicht geklappt hatte, einer quälenden Erläuterung bedurft hätte.

Der weite, weite Weg. Sicherlich wusste der Vater, wohin sie gingen. Aber der Sohn spürte, dass das eigentliche Ziel nicht wirklich ihr Haus war und der Vater diesen Weg nur ging, um erst einmal die Zeit zu überbrücken und zu überwinden, was ihn bedrückte. Es schien, als ob dieses »Überbrücken von Zeit« ihn durch das ganze Leben begleitete. Wie könnte man es beschreiben? Seit zwanzig Jahren ist der Vater nicht mehr am Leben, wie soll man da seine Eigenarten kurz und bündig beschreiben können? Nein, es war nicht möglich. Gheiss liebte seinen Vater, selbst wenn der mit ihm schimpfte oder ihn schlug. Wenn er ihn gegen die Angriffe der älteren Brüder in Schutz nahm, die Hände auf seine Schultern legte und zudrückte, damit er sich nicht beklagte. Er liebte Vaters Augenbrauen und Falten um die Augen, liebte seinen Blick, die Unruhe seines im Hof umherirrenden Blicks, die halb gerauchte Zigarette an der Zigarettenspitze und die Art, wie der Vater sich an der Lehmwand hinhockte.

Gheiss kann nicht sehen, wie er da sitzt, den Rücken an die Betonwand gelehnt. Wie soll er die Gelenkschmerzen am Knie und die alte, sich täglich erneuernde Müdigkeit aushalten? Er weiß nur, dass er zerstückelt ist. Irgendwo auf dem Weg hat er vielleicht schon Stücke von sich verloren. Vielleicht wird er später in der U-Bahn-Station weitere liegen lassen. Vielleicht ist er gerade jetzt auf diesem Bürgersteig dabei, ein Stück von sich zu verlieren. Er merkt es nur nicht. Möglicherweise sind auch einige im Café liegen geblieben, im Tabakladen oder beim Zeitungskiosk auf der anderen Seite der Kreuzung. Er weiß es nicht. Er spürt nur, dass ihm überall, wo er vorbeigeht, wieder etwas von seinem Wesen abhandenkommt, vor allem wenn er Menschen sieht, deren Zähne beim Lächeln sichtbar werden. Es braucht außergewöhnlichen Mut, um den eigenen Zustand präzis zu benennen und ihn auch auszusprechen. Gheiss hat diesen Mut aufgebracht: »Zerfall« ist das Wort dafür, obwohl dieser Begriff selbstzerstörend sein könnte. Gegenwart, Zukunft – nur um diese Abschnitte des Lebens geht es noch. Das ist seine Gegenwart: Ein Sechzigjähriger, gelehnt an die Mauer am Rande einer wenig belebten Straße. Der Himmel über ihm ist wechselhaft – Wolken und Sonne, warme und kalte Luft zugleich.

Gheiss hasst den Schal, der sich wie ein Darm um seinen Hals schlingt. Und was soll er mit dem schweren, gefütterten Regenmantel tun, und mit diesem verdammten Koffer, beide sind ihm zu einer unerträglichen Last geworden. Wenn nur endlich der Gastgeber auftauchen und ihm den Koffer abnehmen würde! Welch eine Erlösung, wenn er endlich den Schlüssel im Haustürschloss dreht. Sie werden gemeinsam die Treppe bis zum zweiten Stock hochgehen. Gheiss wird sich an die Wand lehnen, bis die Wohnungstür geöffnet ist. Und dann endlich kann er sich auf das klapprige Bett werfen.

»Mein Gott, wie oft habe ich im Verlauf diesen halben Tags, der so lang wie ein Jahrhundert dauert, mich danach gesehnt, endlich Ruhe zu finden.«

Unzählige Male war er in Gedanken bereits diese Treppe hinaufgegangen und hatte sich in dem kleinen Zimmer auf das Bett fallen lassen. Hatte sich auf den Rücken gelegt, die Lider geschlossen und auf das Klingeln des Telefons gelauscht, wie ein Sterbender auf der Schwelle des Todes, der mit unendlicher Sehnsucht auf die Stimme eines lebendigen Menschen wartet, die ihn wenigstens für eine kurze Zeit vom Abgrund zurückholen könnte … Er weiß, dass er wie ein Toter abgemagert ist. Es ist nicht nötig, dass er in den Spiegel schaut, er kann sich vorstellen, wie er aussieht. Als er zuletzt in den Spiegel sah, stellte er fest, dass auch seine Augenbrauen schlohweiß geworden waren. Ja, der Anblick hatte ihn erschreckt. So schnell war das geschehen. Im Übergang zwischen den Jahren zehn und elf waren die

Augenbrauen des Mannes schlagartig weiß geworden, wie seine Haare auf dem Kopf und im Gesicht.

Wie war der Mann gealtert, der Mann mit den unruhig hingeschriebenen Notizen auf Altpapier? War er auch über die Schwelle zwischen zwei Jahren gegangen? Können diese zerknitterten Notizen Gheiss begreiflich machen, warum und wie der alte Mann mit dem abgetragenen Regenmantel zusammengebrochen ist? Wie kam es, dass er in dem stillen, im Nebel eingehüllten Friedhof so zutraulich wurde? Noch wichtiger: Warum hat er Gheiss so sehr vertraut, dass er seine ganz privaten Notizen für ihn auf die Bank legte? Er hatte ihn schräg von der Seite angeschaut, Gheiss glaubte es zumindest. Der Blick war kurz und schnell, Gheiss sollte ihn gar nicht bemerken. Dann verließ er ganz sanft den Platz und ging der Mauer nach davon. Als Gheiss die Steinbank erreicht hatte, war er schon im trügerischen Dunkel der Zeit untergetaucht und entschwunden, als habe er sich in Luft aufgelöst. Gheiss war ihm nicht gefolgt. Warum auch. Er spürte, dass der Abgang des Mannes ein Schlussstrich war, das Ende einer Geschichte. Der Protagonist kehrt uns den Rücken und verschwindet im Grau. Der Abgang des Mannes war absolut, die gebrochene Gestalt schritt zum endgültigen Ende, er verlor sich im Nebel. Vergeblich wendete Gheiss in seinem erschöpften Zustand den Blick in der Hoffnung, ihn noch einmal zu sehen.

Ich kenne solche Menschen. Wenn ich mich an sie erinnere, gehen sie immer in diese eine Richtung, wo sie dann verschwinden. Sie sind erschöpft, sie schämen sich vor etwas, das nur sie selbst kennen. Sie haben dem Leben, das wir verbringen, nichts mehr mitzuteilen. Schweigen, jenes ungeheure menschliche Schweigen. Sie verwandeln sich vielleicht, ohne es selbst zu merken, in Musik.

»Ich habe schon immer Rachmaninow gemocht. Und du? Magst du solche Musik?«

Warum nicht. Alles, was Gheiss gernhatte, begeisterte auch sie. Wie soll man erklären, dass diese Blüte der Vollendung, diese fließende, tanzende Musik, diese absolute Heiterkeit mit den grauenhaften Erfahrungen eines Menschen wie Rachmaninow in Einklang war. Dennoch sagte er: »Ich bringe dir die Biografie von van Gogh zum Lesen.« Vielleicht sagte er auch: »Es gibt Menschen, deren Leben für unsere Welt nicht gleichgültig sein kann.« Er hatte es aber vermutlich unterlassen, ausführlich zu erläutern, dass diese wenigen Gestalten unter den Scharen von Menschen, die zentnerweise auf die Welt kommen und wieder gehen, ein Licht auf jenes ehrlose Wesen wirft, das wir als Mensch bezeichnen. Und weshalb musste er mit diesem reinen Wesen über solche Menschen sprechen, bevor sie die schöpferischen Qualen selbst kennengelernt hatte? Was er ihr an abstoßenden Gaunereien aufgezeigt hatte, würde sie so rasch nicht vergessen, Gaunereien, die sich dem Menschen anbieten, wenn qualvolle Engnis auf ihm lastet und er auf seinem gewundenen Lebensweg von Niederlage zu Niederlage geht.

Ich machte ihr Andeutungen: »Auch wir waren eine unruhige Familie, natürlich auch mittellos. Es gab auch ständig Streit, bei jeder Gelegenheit. Einer der älteren Brüder suchte immer nach einem Vorwand. Er glaubte, dass ihm ständig Unrecht geschah. Er fand immer einen Grund, um mich zu schlagen. Ich war erbost, weil mich seine Gründe nicht überzeugten. Und ich war noch mehr verärgert, dass er nicht merkte, wie sehr ich ihn liebte.«

Nilufar zog es vor, wenn sie über ihr eigenes Leben nicht schweigen konnte, nur kurz und bündig darüber zu berichten, was Gheiss wiederum über alles schätzte. Gheiss hatte davon nur eine vage Vorstellung, ohne dabei die geringste Neugierde zu empfinden. Ihm kam es darauf an, dass sie sich in seiner Anwesenheit völlig frei fühlte und mit sich selbst einig war. Er hatte sich fest vorgenommen, nicht an den Geheimnissen, die sie bewahren wollte, zu kratzen. Wenn sie verstummte und ihren Blick minutenlang auf einen Punkt heftete, kam es Gheiss vor, als ließe sie ihr ganzes Leben und was sie bis dahin erlebt hatte, Revue passieren. Und er irrte sich wohl nicht, wenn er annahm, dass sie über die Probleme und Bitterkeiten ihrer Jugend nachdachte.

»Was soll ich sagen? Dummheit und Neid können so weit gehen, dass sie nicht einmal die Leibesfrucht von ihren Angriffen schonen. Bewusste oder unbewusste Feindseligkeit kann sich so vielfältig äußern.«

»Sie sind neidisch auf dich, weil du in jeder Hinsicht anders … und ihnen überlegen bist. Du hast so viele Talente mitbekommen, kannst also nicht klagen. Warum denn auch? Du fällst doch niemandem zur Last.«

Aber kein Trost vermochte die klaren, herunterrollenden Tränen, die Gheiss so sehr liebte, zurückzuhalten. Was er dann sah, Nilufars herabrollende Tränen, empfand er jedes Mal als ein Kunstwerk, einmalig und unwiederholbar. Er musste ihre wohlgeformte, feuchte Wange berühren, als könne er mit seiner Berührung an dieser Vollendung teilhaben.

»Nun ist es gut, weine nicht, was gibt es Neues an der Uni? Du hast vom Sprachkurs erzählt … Ach, eine Sprache gründlich zu lernen, das ist wunderbar. Weißt du, ich möchte, dass du alles lernst, wozu ich nicht die Möglichkeit hatte. Du bist meine umherirrende Jugend, die ich wiedergefunden habe.«

Fesseh hält den Kajalstift still unter dem Augenlid und widmet ihre ganze Aufmerksamkeit dem Gesichtsausdruck und der Stimme ihrer Schwester, die konzentriert den Worten vom anderen Ende des Kabels lauscht. Sie merkt, dass Nilufar kurz und bündig über den nächsten Tag spricht: »Morgen … Doktor.« Zum Schluss fragt sie: »Wo bist du? Kann ich dich in einer halben Stunde zurückrufen? Gut.« Dann legt sie den Hörer auf. Gewöhnlich wurde am Ende des Gesprächs mit Gheiss das Wörtchen »gut« mindestens zweimal wiederholt. Sie wurde gefragt: »Gut?« Und sie antwortete: »Gut, gut.« Aber dieses Mal sagte Nilufar ganz normal und ohne Betonung: »Gut« und legte den Hörer auf.

Fesseh achtete genau auf die Gemütswandlungen

ihrer Schwester und registrierte jede Veränderung wie ein Dieb, der auf der Lauer sitzt. Sie merkte, dass ihre Schwester keine Lust hatte, auf ihre Fragen zu antworten. Also verschluckte sie die Frage: »Es war doch Gheiss, oder?« Als sie aber etwas später merkte, dass Nilufar ein wenig gelöster war, fragte sie: »Nun, was hat er gesagt?«

Nilufar schwieg eine Weile, dann sagte sie: »Er fragte mich, ob ich unter der Dusche war. Wie kommst du darauf, fragte ich zurück. Er sagte: Ich habe dich gesehen, ich sehe dich immer, gleichgültig, wo du bist und was du machst.« Sie sprach langsam und betont, hielt den Kopf gesenkt und schaute Fesseh nicht an. Sie war sicher, dass Fesseh ihr nicht glaubte. Es wäre gut, wenn sie dabei bliebe und ihren Mund halten würde. Aber nein … Sie konnte auf ihren giftigen Stachel nicht verzichten.

Also fing sie zu reden an: »Das sind aber ungehörte Neuigkeiten! Ich kenne zwar Wahrsager, aber von einem Wahrseher habe ich noch nie was gehört. Vielleicht ist er ein Hexenmeister!«

Nilufar sagte nicht, dass nur sie allein es begreifen kann, denn sie hatte bisher niemandem, auch nicht ihrer Schwester vermitteln können, dass zwei Menschen dazu fähig sind, in bestimmten Augenblicken eins zu werden. Dies anderen erklären zu wollen war vergeblich. Fesseh und ihresgleichen würden das nie verstehen können. Zwei verlorene Hälften, die vor langer, langer Zeit geboren und voneinander getrennt wurden, dann auf der Suche nach der anderen Hälfte Jahrtausende lang windungsvolle Wege beschritten hatten, mehrmals neu geboren und wieder gestorben waren, fanden sich schließlich in einer unerwarteten und unvorstellbaren Begegnung. Dieses einzigartige Ereignis kann niemand begreifen außer den beiden selbst. Weshalb soll man mit anderen, mit Fremden darüber reden? Jedenfalls ist der Geist einer unerfüllten Frau voller Bitterkeit, Neid und Missgunst nicht dazu geeignet, so eine Beziehung zu begreifen.

»Sei willkommen. Seit tausend Jahren warte ich auf dich.«

»Ich weiß es. Denn auch ich habe tausendmal dich gesucht.«

Solche Worte gehen hin und her zwischen zwei Menschen, die sich wiedergefunden haben. Sie sind nicht übertrieben, auch nicht befremdend. Doch die Liebe bleibt nicht ewig im Himmel. Alltag, Neid und Missgunst ziehen sie auf die Erde herab … bis in die tiefsten Niederungen. Eine dritte Person mischt sich ein in die Liebe. Vielleicht ist ihre Zunge mit Honig beschmiert, aber darunter hält sie einen Beutel mit Gift versteckt, das sie tropfenweise versprüht und damit die unsichtbaren Bande zwischen den Liebenden tränkt. Die dritte Zunge ist eine Fremde, die eindringt in den geheimen Raum der zwei und keine Gelegenheit auslässt, ihre Angriffe gegen Freude und Lust zu beginnen. Die dritte Zunge spricht von Kleinlichem, Niederem, von Familie und all den Dingen, die auf weißem Papier aufzuschreiben bei Gheiss Übelkeit erzeugte. Was hat die dritte

Zunge in deinem Privatleben zu suchen? Seit wann benötigt die Liebe einen Berater?

»Ich bin deine Sklavin, für die Ewigkeit!«

»Nein, sei meine Liebe, für die Ewigkeit!«

Schon die erste Fremde, die, Zuneigung vortäuschend, sich den Mauern der Liebe näherte, ließ Gheiss aufhorchen. Sie wusste, was tiefe Verbundenheit zweier Menschen bedeutete, und machte auch kein Hehl daraus. Gheiss wusste, dass ihr, die in Zeiten wie diesen lebte, solch unzeitgemäße Liebe, Zuneigung, Einheit und Reinheit, nicht gleichgültig sein konnte. Fesseh erkannte in den Augen ihrer Schwester das Aufblühen. Sogar die gelegentlichen Tränen weckten bei ihr neidvolle Traurigkeit, für die es keine Heilung gab. In den Augenblicken, in denen sie fair sein wollte, hatte sie gesagt: »Ich wünschte, ich könnte etwas für euch tun!« In jenen Momenten nahm sie teil an den gemeinsamen Sehnsüchten zweier Menschen, die unter großen Schwierigkeiten ihre Liebe erlebten. Gheiss wusste, dass Fesseh unter den Familienmitgliedern Nilufar am nächsten stand, dass sie sich den Sorgen ihrer Schwester widmete und ihre Klagen anhörte.

Er hatte Nilufar gesagt: »Traue niemandem, niemandem! Das ist ein Geheimnis zwischen uns beiden und Gott.« Aber wie könnte eine Frau wie Nilufar die Schwankungen ihrer Seele verbergen vor den Augen einer Schwester, die selbst keine Zukunft hatte und deren nächtliche Hoffnungsträume so verzweifelt waren, dass sie nicht einmal bis zum Morgen standhielten.

Der Mensch ist nicht aus Stein gebaut. Gerade Nilufar nicht. Sie war wie ein Stück Kristall an den Spitzen meiner Finger. Vermutlich lag sie gar manche Nächte weinend neben Fesseh. Selbstbeherrschung wäre zu viel verlangt von einem Wesen, das die Zerbrechlichkeit eines jungen Mädchens mit der Klugheit und Reife einer erwachsenen Frau in sich vereinte.

»Vielleicht werde ich daran sterben. Wenn nicht, werde ich sicherlich über Nacht ein alter Mann sein!« Gheiss hatte es mit absoluter Ehrlichkeit gesagt, denn es gab für ihn kein größeres Glück als die Fähigkeit, in einem bestimmten Augenblick die inneren Gefühle in Worte zu kleiden. Wie seltsam, dass das ganze Wesen eines Menschen mit Worten erfasst werden konnte. Ja, in jenen Augenblicken war es ihm gelungen, sein Wesen, sich selbst, in Worte zu fassen. Ja, so war es.

Doch Gheis hatte niemanden, dem er hätte sagen können: Ja, im Sonnenjahr dreizehnhundertsiebenundsiebzig wurde ich ein alter Mann. Als Fesseh ihre Ansichten und die Meinung der Familie, nicht zum letzten, aber sicherlich zum hundertsten Mal ins Ohr einer jungen Frau flüsterte. Elf Jahre hatte sie nun, so meinte sie, der Geschichte zugeschaut. Dabei waren es elftausend Jahre zwischen der Trennung und der erneuten Vereinigung. Wie hatte Fesseh die elftausend Jahre alten Locken von Leila entflechten können in jener Nacht, die nur eine von hunderten von Nächten war, welche Gheiss Angst und Sorge bereiteten?

»Es war das Jahr des Unglücks, des Todes und Erstickens.« Sie hatte es geschafft. Die Frau hat eine Zunge wie eine Schlange, oder sie kann mit ihrer Zunge jede Schlange aus dem Versteck herauslocken.

»Gheiss ist großzügig und freigiebig. Er hat dir noch nie ›Nein‹ gesagt. Aber er lebt sein Leben. Was erhoffst du dir vom Leben mit ihm? Du wirst bald dreißig. Willst du dasselbe Schicksal erleiden wie ich … Oder wie Fachimeh … Unter uns Schwestern gibt es nur eine, der das Glück winkt, und das bist du. Verpass deine Chance nicht! Zwei Bewerber hast du schon abgelehnt. Du hattest recht. Vom einen wusste man nicht, was er treibt. Er wollte dich mitnehmen in eine unbekannte Welt. Und der andere war ein Muttersöhnchen und meiner Meinung nach auch irgendwie krank. Aber dieser Neue hat solche Makel nicht. Du brauchst nicht zu wiederholen, dass Gheiss dich großgezogen hat!«

Aber sie muss gesagt haben: »Er hat einen Menschen aus mir gemacht.« Vielleicht hat sie es aber auch nicht gesagt. Was weißt du, was sich im brüchigen, bebenden Innern eines Menschen abspielt? Warst du immer so, wie du jetzt bist? Nein. Wie oft sagst du dir: »Ich habe meine Sinne verloren«? So ist das doch, du weißt also nicht, ob du dich selbst verloren hast. Der Verdacht ist nicht abwegig. Also musst du dich fragen, ob es dir noch einmal gelingen könnte, dich zu finden? Es ist möglich … sicher ist es nicht. Wird dieses glühende Hufeisen in der Brust denn nie kalt? Warum kann ich nicht weinen? In meiner Kindheit nannten sie solche Leute »Holzköpfe«. Bin ich nun nicht auch so einer geworden? In jenem Jahr wurde ich gefangen zwischen der doppelten Sieben in meiner Seele, ich wurde in sieben Stücke zerrissen. Meine Seele ist verblutet, nur noch mein Körper schleppt sich mühsam durch die trüben Straßen und weiß, dass niemand seinen Namen rufen wird. Gheiss, Gheiss! Niemand ist geblieben, mit dem er reden könnte. Nur die Zwiesprache mit den Notizen jenes Mannes, der aus dem Nichts kam, ging und verschwand.

Einen Platz zum Sitzen, bloß einen Platz, sonst brauche ich nichts. Ich sehe und spüre die verrinnende Zeit. Es gibt seltene Momente, in denen man das nahende Ende und den eigenen Zerfall spürt, ja mit eigenen Augen sieht. Ich werde alt. Die klare Bezeichnung dafür ist: altern und zergehen.

Welcher Wirt ist das, der mich fragt, ob er mir erneut einen Kaffee bringen soll? Ich nicke und sage, es ist egal, ich weiß es nicht. Beim Blättern in den Notizen entdecke ich wieder Seiten, in denen Sätze durchgestrichen sind. Ich bin neugierig. Aber mir ist vor Müdigkeit schwindlig. Ich schließe die Lider und lehne mich zurück. Lass mich ein wenig ausruhen, ich will ausruhen und an dich denken, so wie du warst, so wie du mich zur Vollkommenheit führtest, mit deiner Wärme und dem reinen Duft deines Atems, du Nahrung meiner Seele und meines Lebens. Oft habe ich bei Rumi gelesen:

Mich kümmerts nicht, wenn die Zeit vergeht,
bleibe du, ein reineres Wesen als dich gibt es nicht.

Die Grübchen in deinen Wangen und der Glanz deines hellen, klaren Blicks, der meine Seele einhüllte! Was ist dieses Unsichtbare, das im Blick aufblüht, aufblühen lässt und wächst?

Liebe? Blühen, wachsen und im gleichen Augenblick entdeckt werden. Ich kann mich erinnern an die glühenden Wangen. Die Zunge ist gelähmt, der Mund trocken, und die Glut brennt im Innern, unruhig, aber still, wie für die Ewigkeit. Nein, keine Bewegung, nicht die geringste. Dazwischen die Liebe, die tobt und Tänze aufführt. Ich kann mir nicht einmal eine Zigarette anzünden. Wie versteinert sitze ich auf einem Holzstuhl am Schreibtisch. Meine Hände liegen willenlos auf dem Tisch, und meine Finger … Auf einmal gerät die Welt in Bewegung. Ihre Finger nähern sich auf der hölzernen Tischplatte den meinen, berühren meine Fingerspitzen, mein Mittelfinger wird heiß durch die Berührung der Finger, die ihn festhalten und wie ein Kind bewegen. Ich schaue auf ihre Hände, dann in ihre Augen, damit sie Mut fasst, meinen Finger nimmt und streichelt und ich durch diese sanfte Bewegung zurückkehre aus dem ungekannten Paradies, wo ich einst weilte. Dann fragt sie mich nach einem Wort aus einem Gedicht von al-Qais, das sie nicht kannte. Wie klug und mutig sie ist, ich schaue ihr bewundernd in die Augen. Die Bedeutung des Wortes kann ich ihr nicht sagen. Scham hindert mich daran. Also nehme ich den Füllhalter, schreibe auf einen Zettel, den ich später zerreiße, sinnverwandte Wörter aus dem Arabischen und Persischen: vereinigen, vermischen, verschmelzen. Nun denke ich: Eine sechzehn-, siebzehnjährige Frau mit ihrer Fantasie muss die Bedeutung des Wortes wohl kennen. Wollte sie es genauer wissen, oder wollte sie mir ein Zeichen geben, dass sie reifer ist, als man von ihrem Alter erwartet? Dennoch spüre ich, als ich den Zettel zerreiße und in ihre Augen schaue, einen Pulsschlag unter ihrer Haut. Ich bewundere ihre Kühnheit und ihren Mut, ohne Furcht hält sie meinem Blick stand mit ihren unvergleichlich schönen Augen, die so klar sind, als seien sie im Frühlingsregen vom fließenden Quellwasser reingewaschen.

Bei der zweiten Begegnung sagte ich: »Du bist reifer geworden, das spüre ich.« Sie senkte den Blick, als wollte sie die innere Unruhe, die in ihren Augen sichtbar wurde, vor mir verbergen. Aber ich konnte das Glühen ihrer Wangen von oben sehen. Denn ich stand noch, nachdem ich die Tür geschlossen hatte. Sie hatte sich auf den Stuhl gesetzt und ich hatte ihr meinen Eindruck und meinen Wunsch mitgeteilt … Aus meinem Unterbewusstsein quoll das Gefühl: Ich habe meine verloren gegangene Hälfte gefunden. Ich wollte nicht klagen, dass es so spät war, ich wollte nur mein Bedauern ausdrücken. Ich sagte, damit es nicht unerwähnt blieb, dass ich die vierzig überschritten hatte. Das sei schon ziemlich viel Leben und … Sie ließ mich nicht ausreden. Sie wusste über mich Bescheid. Sie sagte: »Was kümmert mich das Alter!« Ihre Offenheit beschämte mich. Also wollte sie sich mir überlassen. Es bestand kein Zweifel, sie war freiwillig gekommen.

»Also sage: Gut.«

»Gut.«

»Sag es noch einmal.«

Was für bittere Worte hat der Alte im grauen Mantel, der im Nebel des alten, fremden Friedhofs verschwand, auf dem Altpapier hinterlassen! Sah er nicht meinem Vater ähnlich? Wenn ich jetzt an ihn denke, komme ich immer mehr zu der Überzeugung, dass er einen Gehstock in der Hand hatte … Ja, er hatte einen Stock und trug einen alten Hut mit breitem Rand, aus schwarzem Filz. Seine Schultern waren gespreizt. Und die Brille … nein, ich bin nicht sicher, ob er eine Brille trug. Er lief in einem gewissen Abstand zu mir, und ich folgte ihm. Als er sich im Friedhof auf eine Bank setzte, blieb ich im selben Abstand zu ihm stehen. Ich weiß nicht, was mich dazu bewog, mich ihm nicht zu nähern. Den Vater zu suchen, ihm zu folgen und mich mit seinem endgültigen Schicksal abzufinden, ist für mich nichts Neues. Ich habe meinen Vater immer geliebt und liebe ihn auch nach seinem Ableben. Auch jetzt möchte ich in dem Alten meinen Vater erkennen. Er lebt in meiner Vorstellung und ist gegenwärtig in jedem Augenblick meines Daseins, das man als Leben bezeichnen kann, nicht aber unbedingt als gelebtes Leben. Denn nicht jeder Mensch, der lebt, führt wirklich ein Leben. Diese furchtbare Erkenntnis habe ich mit meinem ganzen Wesen, mit der ganzen vernichtenden Wucht meines Seins erst erfahren, als das »Jahr mit der doppelten Sieben« meine Freunde und mich heimsuchte.

Das Ende der Wärme und des Duftes des Atems, das Ende der letzten Substanz des Lebens, das Ende der Kraft! Mit dem Ende des Atems setzt auch das Ende des Schreibens und das Ersticken der Sprache ein. Gefangen zwischen zwei Sieben. Dabei ist sieben keine Unglückszahl, sie gilt im Gegenteil als Symbol der Schöpfung. Das Unglück kommt, wenn zwei Sieben nebeneinanderstehen. Dieses Umherirren auf den kalten bleiernen Gehsteigen ist Teil jenes Unglücks, das nun in eine andere Weltgegend geworfen wurde. Wieso erscheinen die Menschen in meinen Augen anders als bisher? Warum erzeugen sie keine Freude mehr in mir? Ach, du armer, einsamer Poet. Auf der Bühne glänzt du mit deinen Gedichten, deiner Sprache. Aber sonst bist du ein trauriges, verzweifeltes, einsames Wrack. Für welche Sünden musst du büßen? Für das Glänzen auf der Bühne? Sag es! Wahre Kunst darf nicht mit List die Wahrheit verschweigen. Ich habe einen Buckel bekommen und wer weiß was sonst noch. In den Spiegel mag ich nicht schauen. Aber ich habe in alten Gebäuden die Risse gesehen. Ein kleines Beben reicht aus, und sie fallen in sich zusammen.

Auch der alte Mann schreibt: »Erst richten sie dich zugrunde, dann machen sie sich davon.« Und er fährt fort: »Sie rauben dein Leben, dann verlassen sie dich. Sie dringen in dein Inneres ein, sie begleiten dich, verschwinden aber auf halbem Weg, genau dort, wo sie es nicht tun sollten.« Sie wird eins mit dir, deine zweite Hälfte, du öffnest dich ihr ganz und glaubst, dass sie sich genauso in dir sieht wie du dich in ihr. Und wenn du völlig in ihr versunken bist und die Welt mit ihren Augen siehst, macht sie dich blind, geht davon und hinterlässt eine unendliche Leere. Wie ist das möglich? Du willst es nicht glauben, dass jenes »Du in dir« auf einmal sich selbst, dich und dein geraubtes Leben obendrein feilbietet, mit teils berechtigten, teils sinnlosen Vorwänden. Dein Niedergang ist besiegelt. Es war nicht vorgesehen, dass ich öffentlich niedergemacht werde und der Täter meinen liegenden Körper zertrampelt. Aber so ist es gekommen, und meine verdutzten Augen folgen immer noch der blutigen Spur, die über mich hinwegführt. War also alles, was geschehen ist, nichts als ein Albtraum an Hinterlist?

Wie könnte ich! Jedes Mal, wenn sie in mein Inneres eindrang, in mein verdrießliches Schweigen, enthäutete und erneuerte ich mich. Dieses Zusammenspiel der Wolke und Sonne war wie ein Liebesspiel der Natur, das sich auf eine wundersame Weise entfaltete. Jeder Tag brachte neue Wunder. Sie war die Einzige, die mein Schweigen, das Schweigen des Alterns, die langjährige Trauer, aber auch den jugendlichen Zorn in mir begriff. Nur sie allein konnte und durfte meine ganz und gar entblößte Seele sehen. Denn sie und ich waren ja eins, und wer seine Seele vor sich selbst verbirgt, betrügt sich. Wie viele Augen kennt man im Leben, denen man so sehr vertraut, dass man sich ihnen ohne Hemmungen öffnet? Wie viele Menschen gehen durchs Leben, ohne auch nur zu ahnen, dass es diese Liebesgabe gibt? Ich muss gestehen, dass allein ihr Blick ausreichte, um mich in eine unbeschreibliche Ekstase zu versetzen. Von allen Blicken dieser Welt war der ihre der einzige, auf den ich wirklich angewiesen war. Ja, ich kann es mir nicht erklären, warum sie auf einmal verschwand in den Furchen der Heuchelei und Lüge. Sie wanderte durch meine Seele und schaute in mich hinein. Was wissen jetzt andere Menschen davon? Warum sollen sie den Grund meines Schweigens kennen? Und wie sollen sie verstehen, weshalb mich bei diesem erstickenden Schweigen ein Beben überfällt, als hätte ich Schüttelfrost?

Entsetzlich, entsetzlich … Diese entsetzlichen Bilder stammen nicht aus einem Albtraum, sie existieren in meiner Fantasie, drohen, mich zu vernichten. Ich kann diese grauenhaften Bilder nicht in Worte fassen. Sie hatte die Augen geschlossen und ihr Gesicht von mir abgewendet, damit ich nicht die Wahrheit in ihren Augen sehe. Ich sagte es ihr. Aber sie wollte den Eindruck vermitteln, als habe sie nicht aus freiem Willen gehandelt: »Ich hasse sie, sie alle sind mir verhasst«, sagte sie wieder und wieder.

»Lass es genug sein!«

»Gut … gut.«

Was für eine bittere, lustlose und vergiftete Sprache hat der Alte im grauen Regenmantel … Ich frage mich, ob ich ihn noch einmal sehen werde. Vielleicht, auf dieser Welt scheint alles möglich zu sein. Vor allem seit dem »Jahr mit der doppelten Sieben«. Ich öffne die Lider, meine Lippen berühren den bitteren Kaffee. Ich fasse unwillkürlich in die Tasche des Regenmantels und berühre das Notizbuch. Es lässt mich nicht mehr los, ich bin völlig verwirrt. Bisher schien mir der Zusammenhang zwischen dem, was mich beschäftigte, und dem, was draußen vorging, künstlich. Doch jetzt bin ich besessen von diesem einen Thema, einem Gedanken, einer Frage. Die Welt der Bilder und Geräusche dringt nicht mehr zu mir durch. Vor meinen Augen sind nur noch Fetzen, die keinen Platz in meinem Gedächtnis haben, sie vermögen nicht, menschliche Gefühle in mir zu erzeugen. Zusammenhanglose Szenen aus einem Film, der nirgends beginnt und nirgends endet. Der Zuschauer will nur noch eins: die Augen schließen. Ich will noch nicht glauben, dass meine Seele getötet worden ist. Die Menschen sind hartnäckig, ich auch!

»Wäre ich doch nicht erwachsen, wäre ich nie groß geworden!«

Ich hatte in sie hineingeschaut wie in das klare Wasser eines Brunnens. Wieder rollten Tränen von ihren Wangen herab, und ich fragte sie mit meinem Blick: »Was hast du?«

Das wusste sie selbst nicht, und ich konnte nie erfahren, was in ihr vorging. »Erzähl mir eine Geschichte, Gheiss, eine Geschichte!«

Und ich sagte: »Soll ich dir die Geschichte von dem Mädchen aus einer Sippe erzählen, die ihre von ihrem Vater geerbte Festung dem Sieg von Schahpur Solaktaf gewidmet hatte?«

»Nein, nein, erzähl mir die Geschichte vom Dichter al-Qais weiter!«

»Von der Stelle, wo er sich erhob und das Zelt verließ?«

»Nach dem Feuer, nach dem Feuer und jener Nacht.«

Ich senke den Kopf und grüble. Geduld, Geduld. Es schien, als hätten die Menschen keine Muße mehr, geduldig in ein offenes Herz hineinzuschauen. Also blieb ich ruhig, schweigend und in mich gekehrt, wie jemand, der die Vorbereitungen zu seiner Hinrichtung mit ansieht und sich fragt, ob er die Prozedur aushalten kann. Kann ich es aushalten? Was ist mit mir geschehen? Ich trage die Last von tausend Jahren, und wenn ich den Kopf hebe, spüre ich keine Erde unter meinen Füßen. Ich kreise nur noch um die eigene Fremdheit und Einsamkeit, inmitten vorbeiziehender, wogender Wolkenmassen, ziellos wie die Natur selbst. Zu spät habe ich mein leeres, trockenes, grimmiges Wesen entdeckt. Dürre Erde, unfruchtbarer Geist, verlorenes Leben – nicht einmal die Feuchtigkeit einer Träne! Dieses verdorrte, vergrämte, traurige Wesen ist nicht einmal fähig zu einem Gruß. Die anderen! Hier, dort, überall sind sie, die Anderen. Ihre vorwurfsvollen Blicke beschämen mich. Selbst Blicke von Menschen, die ich nicht kenne, erfüllen mich mit Scham. Sind mir vielleicht Hörner gewachsen, Hörner auf meiner Stirn?!«

Samurai … Wie kommt es, dass der Alte mich an jene Männer aus dem Fernen Osten erinnert, die an der

Schwelle des Todes stehen? Hatte er nicht einmal über jemanden gesprochen, den man »Schater« nannte? Er hatte sogleich erklärt, dass damit nicht der Bäcker gemeint ist, der den Teig in den Backofen legt. Schater werden auch die Schnellläufer genannt, die zum Beispiel einen Weg, für den man gewöhnlich fünf Tage braucht, in eineinhalb Tagen zurücklegen. Ausgewählte flinke Männer, die beim Laufen kaum mit der Fußsohle die Erde berühren. Sie überspringen drei Schritte mit einem Satz, als würden sie fliegen. Ihr Atem ist unerschöpflich, sie sind schlank und biegsam wie Federn. Diese Männer werden für besondere Kurierdienste eingesetzt. Sie brechen meisten nachts auf, kennen die kürzesten Wege, und mir nichts, dir nichts klettern sie hoch auf die Berge und springen herab über die Felsen.

Der Alte selbst hatte in seinen jungen Jahren für den zweihundertfünfzig Kilometer langen Weg von Maschad bis nach Hause nur zwei Tage und Nächte gebraucht. Eine schöne Krümmung hatte er an den Füßen. Es gehörte viel Mut dazu, als der siebzehnjährige Junge während seines Militärdienstes in der Armee von Reza Schah aus der Kaserne ausriss. Er war schlank und hatte flinke Beine, vielleicht auch eine Geliebte … An ihn dachte Gheiss in seiner Einsamkeit. Und an die Samurai und ihre funkelnden Dolche, so scharf, dass man damit die Fingernägel schneiden konnte. Das sind nicht die Dolche, die man in den Schaufenstern der Geschäfte sieht, die taugen zu nichts als zum Schmücken der Wand im Wohnzimmer. Scharf müssen sie sein, die

Dolche, dachte Gheiss und sah vor sich zwei glänzende Samuraiklingen, die durch die Luft wirbelten.

Nur das Klingeln des Telefons holte ihn aus seinen Gedanken auf den wenig belebten, gut gepflasterten Gehsteig zurück. War da der Widerhall von zwei Stimmen, die eine Stimme bildeten in der Entfernung zwischen zwei Kontinenten, zwei Welten? Es war seine Stimme, die zitterte und manchmal unterbrach, und es waren ihre Augen, die er weinen sah. Er kannte jede einzelne Träne von ihr, spürte den Geschmack in seinem Mund, sah, wie ihr Antlitz sich verwandelte, von trüben Wolken in eine leuchtende Sonne, wie ihre Wangen glühten … Eine leuchtende Glut, wie aus Phosphor, und er spürte, wie die Wärme ihrer Stimme, ihres Atems in sein gefrorenes, ausgelaugtes, finsteres Wesen eindrang, die Wärme eines Menschen, der scheinbar abwesend war. Sie überwältigte ihn mit ihrer Anwesenheit, mit dem honigsüßen Duft, den sie verbreitete. »Was für ein Wunder ist der Mensch«, dachte Gheiss, »was für ein Wunder! Wie lange irrte ich, irrten wir umher!« Was war geschehen, dass so viel Zeit durch die Hitze darbender Seelen zerschmelzen konnte?

Der Gaumen war trocken und der Herzschlag vergeblich. Das Telefon, aus dem kein Laut zu hören war, war tot wie ein Stein, auf dem der Blick von Gheiss festgefroren war. Er wusste nicht, in welche Tasche er es stecken sollte. Ihm war bewusst, dass auf dieser Welt alles anders geworden war. Nicht im Sinn von Erneuerung, wie Rumi meint. Erneuerung ist Wiederbelebung der

Welt: Das neue Jahr, der Frühling, alles wird grün und eine Brise weht immer wieder aus Charasm.

Er weiß, dass die Welt sich verändert, dass in diesen Zeiten Probleme der Seele als hinderlich und störend betrachtet werden. Er weiß aber auch, dass er sich in den bedrohlichen Regeln dieser neuen Welt nicht mehr auskennt. Hätte er, wie heutzutage üblich, rechtzeitig seinen Freund und Gastgeber angerufen, brauchte er jetzt nicht umherzuirren, seine eigene Leiche zu schleppen und den verdammten Koffer, den Regenmantel mit dem schweren Futter und den Schal, den er beim Kauf so sehr mochte. Jetzt hasst er den Schal.

Ja, meine Damen und Herren, mir ist durchaus bewusst, dass ich mich am Ausgang des zweiten Jahrtausends in einer europäischen Stadt befinde. Ich kenne die Sprache nicht. Aber ich bin nicht blind. Also kenne ich meine Schwächen. Die Liebe hat in der Zeit der Massenproduktion und des Massenkonsums nicht die Bedeutung, die ich ihr beimesse. Mein Gastgeber hat einmal ironisch gesagt: »Für eine Flasche Milch kauft man nicht eine Kuh, heißt hier ein Sprichwort.«

Wie und wem soll ich sagen, dass ich solche Sprichwörter nicht verstehe und auch nicht verstehen möchte. Ich will mich nicht in die heutigen Umgangsformen einmischen und weiß auch, dass meine Meinung da gar nicht zählt. »Das Ich« ist nicht wie ein weißes Blatt, auf dem du heute etwas schreibst und morgen etwas ganz anderes als das, was du gestern geschrieben hast. Das Ich stammt aus den unbekannten Anfängen der Welt und durchzieht sie bis zum unbekannten Ende. Wer kann sich in diesen turbulenten Zeiten ein Urteil anmaßen? Woher kommt dieses Ich, das erfüllt ist von Enttäuschung, Trauer, Wut, Hass, von Entbehrungen, Zweifel, Fremdheit und Verwunderung und sich nicht zurückhalten kann, an niemanden gerichtet, zu sagen: »Konntest du nicht warten, bis ich sterbe? War es nicht möglich?«

Die gierigen, scharfen, schwatzenden, neidischen Zungen und die schmierigen Blicke auf das große Geheimnis! Nun hatten die Lästerzungen die Gelegenheit, Schmutz auszubreiten und das heilige Gebetstuch der Vereinigung zweier Menschen zu besudeln. Sie waren gut vorbereitet, mit logischen Argumenten gerüstet und wirkten überzeugend.

»Nur du, ich und Gott!«

»Nur du, ich und Gott!«

»Sonst nichts!«

»Sonst nichts!«

»Lächle jetzt … Und schau mir in die Augen!«

»Augen, die immer durch einen Schleier von Trauer bedeckt sind!«

»Ja, du hast es begriffen! Augen, die leuchten in dem Augenblick, in dem sie dich ansehen.«

»Augen, die ich liebe.«

»Ja, das musst du, weil du dich selbst in diesen Augen bewegst.«

»Ich dort und du in mir, in jeder Zelle meines Wesens. Du hast mein ganzes Dasein erobert.«

»Ich habe dich nicht erobert, ich habe, seitdem ich dich gefunden habe, mich in dir entdeckt.«

Sie, die Spätgefundene, lächelte und richtete ihren Blick auf Gheiss, damit er sich nicht frage, ob die Liebe nicht eine noch tiefere Welt verlangt, eine tiefere Welt in der Seele. Nein, das wollte er nicht. Er wollte ganz in ihrem Anblick aufgehen, er wollte sich dem am schwersten zu findenden aller Namen Gottes, der Liebe, hingeben.

»Gott hat dich mir zur Vergeltung meiner Qualen geschickt, du schönste Schöpfung Gottes!«

»Du bist mein Vater, meine Mutter, mein Alles.«

»Nicht nur du, wir.«

»Weil ich wie du war, schon bevor du geboren wurdest.«

»Ich bin ein wenig zu spät auf die Welt gekommen, nicht wahr?«

»Aber du bist rechtzeitig gekommen, und du bist willkommen. Ich habe dich ein Leben lang gesucht, ohne dich jemals gesehen oder von dir erfahren zu haben. Wahrlich, du bist gekommen, und wie rechtzeitig du gekommen bist. Denn ich bin von den Schutzmauern des Todes zurückgekehrt und wende mich jetzt gemeinsam mit dir wieder dem Leben zu, der Freude und dem Glück. Wahrlich, du bist willkommen. Wie rechtzeitig du gekommen bist. Ich fühle dich, ich bete dich an, du duftest nach Paradies.«

»Ich möchte meinen Kopf auf deine Brust legen und meine Augen schließen.«

»Und ich schaue dich an, wenn du ruhig und selbstsicher atmest. Ich liebe den Duft deines Atems und dein unschuldiges Gesicht, wenn du schläfst.«

»Ich fühle mich ganz ruhig, selbst wenn ich nur in Gedanken meinen Kopf auf deinen Arm lege und schlafe.«

»Schlaf, Täubchen.«

Das weiße Schiff blieb im Schlamm stecken. Der Mann wurde überrumpelt. Er vermutete, dass es während der Nacht begonnen hatte, in der qualvoll schlaflosen Nacht einer Frau, die des Tages gesagt hatte: »Wie könnte ich dich jemals verlassen!« Es hatte mit einem Flüstern angefangen. Die Sprache des Neids muss nicht immer verletzend sein, sie kann auch mild und angenehm klingen.

»Solche Leute haben keine Zukunft! Merkst du, wie alt und gebrochen Gheiss aussieht? Und sein Verhalten … gar nicht zu reden von seinen Launen. Bedenke doch, ehe du dich versiehst, ist das Leben zu Ende. Was bleibt dann für dich? Du hast ihm doch schon deine Jugend geschenkt. Das ist wohl genug. Denk an ein Dach über deinem Kopf. Der neue Freier hat einflussreiche Verwandte. Du kannst dich endlich von diesem Haus und von allen, die dir Vorschriften machen, befreien. Fachimeh und ich hatten keine Chance. Dir winkt nun das Glück, warum sperrst du dich dagegen? Hier, nimm das Telefon und ruf ihn an, jetzt sofort!«

»Wen soll ich anrufen?«

»Den, von dem du glaubst, er werde dir am besten helfen können.«

Es macht keinen Unterschied, wie sie geantwortet hat: ob »Gheiss!« oder irgendetwas anderes. Wie schwer und bitter sind die Albträume in der Nacht und die Albträume im wachen Zustand in einem Haus, das du nicht mehr als dein eigenes empfindest und in dem die Wände dir sagen, dass du fehl am Platz bist. Man gibt dir deutlich zu verstehen, dass du »deine Tage und Nächte vergeudet hast«! Und du schweigst, denn die Albträume lassen dich nicht los.

Ein Albtraum: »Verehrter Meister und großer Künstler, ich suche Sie seit Langem. In unseren Tagen verliert das Handwerk allmählich seine Bedeutung. Aber Sie … Sie machen zum Glück weiter, inzwischen allerdings mit Brille und Vergrößerungsglas. Ich sehe verschiedene Dolche, Säbel, Schwerter an der Wand hängen. Ist das alles Ihr Werk? Gewiss. Von jeder Sorte hängt ein Exemplar an der Wand. Sie erinnern uns an die langen Jahre Ihrer Tätigkeit, vorausgesetzt, wir haben Kunstsinn und sind Ihrer langjährigen Erfahrung würdig.

Ich möchte etwas Besonderes von Ihnen. Ich will einen Dolch, kürzer als die Schwerter der Samurai, feiner und leichter als unsere zweischneidigen Dolche. Etwas wie die Säbel der Offiziere, ohne Verzierungen. Sie wissen sicher, was ich meine. Zweischneidig und sehr scharf. Wie Sie sehen, sind meine Hände schwach, sie können schwere Waffen nicht tragen und benutzen. Ich möchte, dass der Dolch in meine Jackentasche passt. Meine Bitte ist, dass Sie die Schneide mit Gift stählen, so wie der Dolch von Sultan Masud, aber nicht so schwer. Heute Nacht bin ich ständig auf und ab gelaufen und schließlich zu dem Schluss gelangt, dass ich genau so eine Waffe benötige. Also habe ich Sie aufgesucht. Sie sind der einzige übrig gebliebene Künstler aus unserer Geschichte. Ich möchte Sie nur bitten, dass Sie die Waffe pünktlich fertigstellen. Eine leichte, feine Schneide, nicht allzu teuer und ohne Verzierungen. Nach dem Mord werde ich sie fortwerfen oder der Polizei übergeben. Ich mag keine Pistolen. Mit solchen Waffen will ich nichts zu tun haben. Ich habe oft darüber nachgedacht. Was ist, wenn eine Kugel klemmt? Dann kommt der Katzenjammer. Man erschießt jemanden mit der ersten Kugel, kann aber nicht sicher sein, dass man die zweite, die für einen selbst bestimmt ist, genauso leicht abfeuern kann. Nein, darauf kann man sich nicht verlassen. Ich habe heute Nacht bis zum Sonnenaufgang geübt. Im Grunde habe ich den ersten Teil des Verbrechens bereits hinter mich gebracht. Ich saß am Steuer, als die Auseinandersetzung mit der Frau, mit meiner Liebsten oder wie Sie sie bezeichnen möchten, anfing. Ich sagte ihr: ›Du hast mein Rückgrad gebrochen, ich habe dir voll vertraut, und du vermählst dich mit einem anderen und versteckst dich hinter den Sitten und Bräuchen! Du hast mich nicht nur betrogen, sondern auch erniedrigt. Diese Erniedrigung kann ich nicht hinnehmen.‹ ›Lass mich aussteigen‹, sagte sie. Das ließ ich zuerst nicht zu, dann aber doch. Denn ich dachte, wenn ich sie aussteigen lasse und abfahre, wird sie wütend, sie wird mir und meinem Wagen voller Zorn den

Rücken kehren und auf ein Taxi warten. Das wird mir die Gelegenheit geben, den Rückwärtsgang einzulegen und mit hohem Tempo zurückzufahren und, bevor sie sich umdreht, mit dem Kotflügel ihre Knie zu treffen. Sie würde sicherlich hinfallen, und ich könnte dann mit dem Vorder- und Hinterrad über ihre Beine fahren. Und während sie sich vor Schmerz auf dem Boden wälzt, würde ich den Vorwärtsgang einlegen und noch einmal über ihre Beine fahren, damit ihre Knochen und Muskel zermalmt und zerquetscht werden. Dann würde ich aussteigen, um Hilfe rufen, sie auf den Hintersitz legen, die inzwischen versammelten Leute vertreiben und rufen: ›Ich muss meine Frau ins Krankenhaus bringen!‹ Mit Vollgas würde ich ins Krankenhaus fahren und dort verlangen, dass man meine Freunde, Fachärzte für Chirurgie und Orthopädie, anruft. Ich würde dann neben der Bahre, auf die man sie gelegt hat, warten, bis sie die Augen öffnet. Ich weiß, sie würde bei meinem Anblick lächeln! Ich würde bitten, dass man ihr eine Morphiumspritze gibt, um ihre Schmerzen zu lindern. Ich hatte bei dem, was ich tat, wahrlich keine schlechten Absichten. Ich wollte nur nicht, dass sie so blieb, wie ich sie elf Jahre lang gesehen und verehrt hatte. Sie war in meiner Fantasie eine Zypresse und sollte, nach der Trennung von mir, keine Zypresse bleiben. Daher musste ich ihre Beine lähmen, damit sie nie mehr aufrecht stehen kann und für immer in einem Rollstuhl sitzen muss. Sie sehen also, dass ich den ersten Teil des Verbrechens bereits mit Erfolg ausgeführt habe, gestern Nachmittag.

Am Abend erfahren alle von dem Unfall. Folglich versammeln sich alle, die ich hasse und denen ich den Tod wünsche, im Zimmer der Patientin. Ich habe gebeten, sie in ein Einzelzimmer zu legen. Jetzt beginnt der zweite und wichtige Teil meines Plans. Verstehen Sie, verehrter Meister? Eine leichte, scharfe, giftige und leicht tragbare Waffe. Nein, töten will ich die Frau nicht. Ich werde warten, bis sie mich im Rollstuhl sitzend an den Gitterstäben des Gefängnisses besucht. Wundern Sie sich? Das brauchen Sie nicht. Sie wird kommen und das sagen, was sie stets in mein Ohr flüsterte: ›Du bist mein Ein und Alles.‹ Diese Aussage wird Wirklichkeit werden. Tatsächlich wird es nur mich geben, denn bis es so weit ist, werde ich alle Menschen, die um sie herum sind, ins Jenseits befördern. Das meinte ich, als ich Sie bat, die Schneide mit Gift zu stählen. Ich bin sicher, großer Meister, dass Sie mich verstanden haben. Hier gebe ich Ihnen einen Vorschuss, einen Scheck. Vielleicht können Sie sich vorstellen, was ich heute Nacht für Qualen ausgestanden habe, nach tausend Stunden des Grübelns und Suchens. Vor dem Sonnenaufgang habe ich, bevor ich meinen Kopf gegen die Wand schlug, mich ausgezogen und in das warme Wasser der Badewanne gelegt. Ich weiß nicht, wann ich eingeschlafen bin. Ich sah mich im Albtraum in einer Wanne liegen voll mit warmem Blut. Verzeihen Sie, verehrter Meister, wenn ich zu viel von mir geredet habe. Seien Sie sicher, ich werde außer ihrer Arbeit auch ihre Kunst belohnen und sie bis an mein Lebensende würdigen. Kurz gesagt, ich möchte, dass die

Waffe, die Sie für mich bauen, insbesondere zum Töten von missgünstigen Weibern geeignet sein soll. Ich danke Ihnen. Auf Wiedersehen bis zu dem vereinbarten Termin. Hier ist meine Visitenkarte mit meiner Telefonnummer, falls es nötig sein sollte. Noch einmal, vielen Dank, verehrter Meister.«

Doch ich habe dem siebenundsiebzigjährigen Meister, Herrn Sarif, nicht genau erzählt, was ich mit der Waffe vorhabe, vor allem, wenn sie mit Gift gestählt ist. Unterschiedliche Verbrechen, unendlich oft geübt, gegen eine Frau, für die meine Gefühle weit mehr waren als das, was man mit dem Wort Liebe bezeichnet. Warum soll ich verschweigen, wie meine Beziehung zu ihr war?

So trieb es mich um, nicht nur in der Liebe, sondern auch in Wut, Hass, Verzweiflung und in der zermürbenden Hoffnung, ihr lachendes Gesicht, ihre lächelnden Lippen und ihre Zähne wiederzusehen, als ich dann in der tiefen Grube meiner Traurigkeit steckte. Ja, das Töten galt einem Teil von mir selbst, meiner eigenen Hälfte, die ich hundert Jahre nach meiner Geburt und nach dem erbärmlichen Leben an den Hängen der Asib-Gebirge wiedergefunden hatte. Das war kein leichtes Unterfangen. Denn es genügt nicht, einmal zu töten. Nein, ich muss sie immer wieder töten, in jedem Augenblick, den ich mit ihr verbringe, immer wieder töten und lebendig machen, auf verschiedenen Wegen, mit verschiedenen Methoden.

Ich weiß, dass es schwer ist. Schwer auch, weil ich

gleichzeitig mit ihr getötet werden muss. Ich muss neue Methoden lernen. Das Vermischung des Essens mit Gift beispielsweise ist eine primitive Methode, vor allem aber liegt ihr Nachteil darin, dass sie die Tat auf einmal erledigt und man das Verbrechen gegen den geliebten Menschen nicht auskosten kann. Der noch wichtigere Nachteil besteht darin, dass das einmalige Sterben die unzähligen Augenblicke, in denen du vernichtet wurdest, nicht vergelten kann. Du wirst auch nicht die Gelegenheit finden, in den letzten Minuten und Sekunden in ihre Augen zu blicken und dich selbst zu vergessen in den Pupillen, die über lange Zeit hindurch für dich die klarsten Quellen der Schönheit bildeten. Nein, nein, keine Kugeln! Denn wenn du die Kugel in ihrem Mund abfeuerst, kann es sein, dass sie im Bruchteil jener Sekunde denkt, du wirst möglicherweise keine Kugel in deinen eigenen Rachen schießen. Danach wirst du keine Gelegenheit mehr haben, sie vom Gegenteil zu überzeugen. Ihr Zweifel in jenem Augenblick wird dich noch einmal vernichten. Was geschieht aber, wenn zum Teufel die Kugel klemmt und nicht losgeht? Das wäre eine furchtbare Katastrophe. Allein die Vorstellung macht mich nieder. Die Frau, die du weit über die Liebe hinaus geliebt hast, liegt mit zersprengtem Schädel auf dem Boden, ihr Hals klemmt an der Wandleiste, das Blut schießt ihr aus Mund und Ohren, und du stehst da, verdutzt und zitternd, schaust auf sie herab und siehst den verrosteten Revolver. Deine zitternde Hand hantiert unwillkürlich an der verdammten Waffe, deine

Finger versuchen die Sicherung zu öffnen und das Hindernis zu beseitigen … Auf einmal löst sich die zweite Kugel und knallt in die Wand oder auf den Boden, das weißt du nicht genau, weil im selben Augenblick deine Lider sich reflexartig geschlossen haben, du wendest dein Gesicht ab, aus dem heißen Lauf der Pistole steigt Rauch auf. Dass solches passiert, ist in Anbetracht meiner Dämlichkeit durchaus möglich. Also soll man es lieber sein lassen. Zudem fliegt die Beschaffung einer heißen Waffe gewöhnlich auf, sosehr man auch auf Geheimhaltung achtet, erst recht wenn man deine krankhafte Nervosität mit in Betracht zieht. Nein, du kannst dich nicht darauf verlassen, dass du die für solche Aktionen nötige Ruhe bewahrst und Selbstkontrolle übst. In den Tagen der Revolution hast du dich wie der Teufel das Weihwasser davor gefürchtet, einem Waffenverkäufer nahe zu kommen. Heute wirst du weit mehr Angst haben, weil du dich wie ein Angeklagter fühlst, allerdings einer, der nicht weiß, was ihm vorgeworfen wird. Lass also diesen Gedanken beiseite, denk lieber an den ersten Plan, über den du schon so viel nachgedacht hast.

Denk an den siebenundsiebzigjährigen Meister Sarif, den kleinen, schlanken Mann, der hinter seinen dicken Brillengläsern verschwindet. Er steht neben der Schmiedeesse nahe dem Amboss, der über lange Jahre die Hammerschläge auf dem glühenden Stahl erdulden musste. Denk nur an ihn. Aber du hast dem Meister nicht erzählt, was für Kunststücke du vorhast mit der Waffe, die er kunstvoll für dich bauen soll. »Ich möchte, dass die

Spitze der Waffe so scharf und dünn wie möglich ist, so spitz wie die Spitze einer Nadel, schön geformt, wie ein Kegel, und wie ich bereits gesagt habe, so leicht wie möglich. Noch einmal vielen Dank, Meister.«

Der Meister redet nicht viel, antwortet kurz und bündig. Er stellt zu Beginn knappe Fragen und erklärt einiges. Danach bejaht oder verneint er die Fragen nicht mit einer Kopfbewegung, sondern nur mit den Augen. Am Ende sagt er: »Jawohl. Ich habe verstanden, wird gemacht.« Dann folgt mir sein Blick zur Tür, ein kluger, zweifelnder Blicke, behaftet mit unbeantworteten Fragen. Aber da er in seinem langen Leben ganz unterschiedliche Menschen kennengelernt hat, kann ihn nichts mehr überraschen. Unsere Handwerker sind eigenartig verschlossene Menschen, vor allem, wenn ihre Kunstfertigkeit herausragend ist. Auch Meister Sarif ist so einer. Er erinnert mich an meinen Vater in der Zeit zwischen seinem sechzigsten Lebensjahr und seinem Tod. Sie sehen sich sehr ähnlich. Schlank, große Hände, lang gezogene weiche Finger, flink und tüchtig. Auch der nachdenklich musternde Blick ist ähnlich. Ja … sehr ähnlich. Also muss ich noch einmal über die wenigen Worte, die ich von ihm hörte, nachdenken. So einer äußert kein überflüssiges oder unreifes Wort. Ich muss sogar seine Blicke im Gedächtnis überprüfen, auch wenn er innehielt oder den Kopf senkte.

Ihre Stimme, ich höre ihre Stimme. Könnt ihr das glauben? Ihre Stimme. Wie bin ich zu der Telefonzentrale gekommen, hinkend, mit dem schweren Koffer und dem Regenmantel, der, wie mir scheint, mit seinem Futter hundert Kilo wiegt? Wie habe ich Teheran angerufen, die Nummer der Telefonzentrale durchgegeben und um Rückruf gebeten: »Weil mein verdammtes Mobiltelefon nicht aufgeladen ist.« Was für eine unsinnige Bitte, dachte ich. Wie ist es möglich, dass mein Anruf von jenseits der Ozeane zu einem dieser Telefonapparate durchgestellt wird, die an der Wand hängen und vor denen sich jeweils eine Schlange von zumeist Ausländern oder Immigranten gebildet hat? Könnte einer dieser Apparate für mich klingeln? Nein, ich habe keine Hoffnung. Ich steigere damit nur meine Verwirrung.

Doch dann geschieht ein Wunder. Ein junger Mann, ein Immigrant, von dem ich nicht weiß, aus welchem Land er stammt, ruft meinen Namen, meinen Namen! Ich winke ihm, laufe mühsam zu ihm, steige die Treppen hoch, und er führt mich zu einer der Telefonzellen in der Halle. Ich sage mir: »Was es nicht alles gibt! Der Apparat wurde automatisch mit der Zentrale verbunden, den Gesprächsteilnehmer am anderen Ende der Leitung haben sie gebeten, zu warten, dann wurde jemand nach einer Person geschickt, der den Namen Gheiss trägt!« Ja, so war es, alles perfekt organisiert. Die andere Person am Ende der Leitung hatte minutenlang geschwiegen. Und nun schickt sie mir Wellen von Freude und Begierde, damit ich meine Lage für einige Stunden aushalte.

Glückselig frage ich: »Deine Schuhgröße war doch neununddreißig-vierzig, richtig?«

»So ist es.«

Ich wusste es. Ich war ja mehrmals dabei, als sie neue Schuhe kaufte … Sind sie gut, gefallen sie dir? … Warum sollten sie mir nicht gefallen, wenn sie dir gefallen? …

Ich sage ihr: »Auf der anderen Seite der Straße sind Schuhgeschäfte. Ich bin auf dem Weg dahin und wollte mich vergewissern, dass ich keinen Fehler mache.« Natürlich habe ich sie nicht deshalb angerufen. Ich wollte ihr nur eine Freude machen und ihr glückliches Gesicht aus dieser Seite der Erde sehen. Ich wollte ihre fröhliche, begehrenswerte Stimme hören. Die Stimme, nur deine Stimme.

Auch nach dem Besuch bei Meister Sarif in seinem Geschäft in einer der alten Gassen Teherans haben meine Beine mich zu ihrer Stimme, zur Telefonzentrale im Einkaufszentrum einer mitteleuropäischen Stadt in Mitteleuropa gezogen. Ich will für die Füße, die ich unter den Rädern meines Wagens zerquetscht habe, schöne und bequeme Schuhe finden.

»Ich glaube, du wolltest Stiefeletten, richtig? Mit Schuhbinden oder Reißverschluss? Und die Farbe? Braun, Violett, zweifarbig, und natürlich Schwarz. Matt oder glänzend? Es gibt auch Schuhe aus Krokodilleder.« All dies sage ich nur, um etwas gesagt zu haben. Wichtig ist ihre Stimme, die die graue aufdringliche Wolke und diese hartnäckige Kälte aus meinem Schädel vertreiben soll, ebenso wie die plötzlich auftretende, unwillkommene Hitze. Zwischendurch sage ich, dass ich unter allen Umständen rechtzeitig zurückkehren werde. »Sei unbesorgt!«

In der Art, wie nur sie sprechen kann und die an eine traurige Brise erinnert, fragt sie: »Wann kommst du denn?«

Und ich sage unwillkürlich: »So bald wie möglich.«

»Gut?«

»Gut!«

»Wir telefonieren bis zum Abend noch einmal.«

»Gut!«

Was ist der Unterschied zwischen Stiefeletten mit Schuhbinden oder Reißverschluss, wenn im Gehirn des Mannes die Beine der Frau bis zu den Zehen zerquetscht sind? Er kennt allzu gut den Zorn und den Hass der Beleidigten, und er hat viel gehört und gelesen von den grenzenlosen Verbrechen, die das Hirn des Menschen aushecken kann. Einige Anzeichen davon spürte er schon immer bei sich selbst, insbesondere dann, als sie im Gespräch mit ihm den Namen eines anderen erwähnte, um den Grad seiner Eifersucht zu testen. Dass diese Erwähnung eines anderen bewusst erfolgt, mildert die männliche Reaktion nicht, selbst wenn sie damit nur herausfinden wollte, wie stark seine Bindung zu ihr ist. Sie stärkt im Gegenteil den Verdacht, eine Spur von Niedertracht stecke auch im Wesen dieser Frau, für die sogar, wie er glauben wollte, das Wort Liebe zu gering war. Diese Niedertracht hatte keine Gelegenheit, in Erscheinung zu treten. Bis Gheiss einmal das Schweigen brach und sagte: »Eine Frau spricht nicht über einen anderen Mann, wenn sie verliebt ist.« Er kann sich nicht erinnern, dass sie einen anderen Mann erwähnt hätte, bis zum Jahrestag von zweimal sieben. Erst von da an begannen die Spiele mit den Blicken und Worten, die Gheiss auffielen. Von nun an hörte er das Flüstern, das aus jenem Haus, gegenüber dem Spiegel über dem Waschbecken neben dem heulenden Geräusch des Haartrockners, zu hören war.

Fesseh, hager und zerzaust, sitzt verloren auf dem Sofa. Um ihr Gerede von vorhin gutzumachen, hat sie die Lider geschlossen, die Hand auf die Brust gelegt und laut zu atmen begonnen, als würde jeden Augenblick ihr Herz stillstehen. Nilufar durchschaut es, lässt sich aber nichts anmerken, um Fesseh nicht vor den Kopf zu stoßen. Denn nicht alles ist Täuschung. Fessehs Köper zittert tatsächlich, und man muss ihr aus dem Schrank neben dem Waschbecken eine Decke bringen und sie zudecken. Schließlich ist sie, sind alle gerade aus dem Bad gekommen. Nilufar geht und holt eine Decke. Aber Fesseh lehnt ab: »Ich bekomme keine Luft«, sagt sie. Warum trinkt sie dann nicht von dem Silberweidensaft?

Maha kniet vor Fesseh, drückt ihre Hände und sagt: »Schwester, liebe Schwester!« Ihre weinerliche Stimme lässt Fessehs Trauerkloß platzen. Sie bricht in Tränen aus. Dann erhebt sie sich, setzt sich auf die Lehne eines Sessels, umarmt ihre Schwester und weint mit ihr.

»Warum bin ich überhaupt auf die Welt gekommen?«

»Ich wünschte, ich könnte sterben, ja, ich möchte sterben.«

»Sage um Gottes willen nicht so etwas.«

»Nein, ich möchte sterben. Wozu lebe ich überhaupt? Ich weiß, dass ich kein Kind dieser Familie bin! Niemand sagt mir, woher ich komme, wer meine Mutter ist und wer mein Vater. Sagt mir wenigstens, dass ich ein Findelkind bin. Wenn wenigstens einer von euch das sagen würde. Aber warum sehe ich dann der Mutter ein wenig ähnlich, wenn ich doch ein Findelkind bin?«

»Was redest du für einen Unsinn, Fesseh, wie kannst du so etwas sagen?«

»Das ist kein Gerede, es ist so, wie ich es sage. Niemand sagt mir die Wahrheit. Die Mutter und auch der Vater geben mir keine Antwort, wenn ich sie danach frage. Dem Vater bin ich völlig gleichgültig, er hat mir noch nie eine Ohrfeige gegeben, mich nie beschimpft. Er sieht mich überhaupt nicht. Dieses schändliche Leben dauert nun schon fast vierzig Jahre, aber mir kommt es vor, als habe er nie einen Blick auf mich geworfen. Welche Rolle spiele ich in diesem Haus?«

»Du bist die geliebte Tochter des Hauses und unsere liebe Schwester, so wertvoll wie das Augenlicht.«

»Augenlichter, die mich nicht sehen. Hältst du mich zum Narren, willst du mich, wie ein Kind im Kindergarten, mit Bonbons zufriedenstellen? Ich bin vierzig Jahre alt!«

»Fesseh, meine geliebte Schwester!«

»Nenn mich nicht Fesseh. Das ist der Name von Dienstmädchen!«

»Rede nicht so laut. Deine Stimme dringt nach draußen. Vater ist oben, und unten …«

»Telefon … Nimm das Telefon und ruf an!«

»Wen soll ich anrufen?«

»Ich sage es doch nicht meinetwegen …«

»Komm, ich bitte dich. Trink diesen Saft, bevor die Mutter nach oben kommt.«

»Ich trinke keinen Saft, auf keinen Fall.«

»Dann zum Teufel mit dir. Dann spiel nicht die Unglückliche! Es ist doch nichts Besonderes geschehen. Seitdem ein Freier für mich aufgetaucht ist, macht ihr euch verrückt.«

»Nimm das Telefon und ruf an. Es ist doch etwas geschehen, nur du weißt es nicht. Nimm das Telefon!«

»Solange du mir nicht sagst, was du auf dem Herzen hast, werde ich nichts unternehmen. Du hast ihn gesehen, ich selbst habe euch miteinander bekannt gemacht. Du hast dich mit ihm unterhalten. Du weißt besser als andere, dass seit vier, fünf Monaten über ihn gesprochen wird …«

»So lange schon wickelst du diesen armen Mann um die Finger? Das heißt, du willst dir beide warmhalten, den einen mit schönen Reden, den anderen mit Tränen, Klagen, Stöhnen und …«

»Und womit noch?«

»Mit all dem, was du seit elf Jahren mit Gheiss anstellst.«

»Du Nichtswürdige, du willst meine Schwester, meine Vertraute sein?«

»Ich bin niemandem Schwester und Vertraute. Ich bin niemand und ich hasse euch alle, dich, Gheiss, den neuen Prinzen, euch alle. Ich wünschte, ihr würdet alle sterben.«

»Fesseh … Ich habe dir immer alle meine Geheimnisse anvertraut. Das tue ich immer noch.«

»Du Lügnerin, Lügnerin.«

»Ich bin keine Lügnerin, das weißt du sehr wohl.«

»Doch, das bist du. Deine größte Lüge ist, dass du deine Heirat vorbereitest und gleichzeitig bei dem anderen, bei Gheiss, Tränen vergießt. Ich liege nachts neben dir und höre dein Schluchzen. Du drückst dein Gesicht in das Kopfkissen und glaubst, ich würde nichts hören. Wenn du morgens aufstehst, beginnst du den Tag mit einer Lüge, indem du überlegst, wie du jeden der beiden überlisten könntest. Du Lügnerin. Bis jetzt hast du immer so getan, als würdest du Gheiss lieben. Jetzt verstehe ich warum. Du wolltest einen Schutz haben, jemanden haben, an den du dich anlehnen, dem du vertrauen kannst. Und du wolltest jemanden haben, der ständig an dich denkt. Jetzt brauchst du ihn nicht mehr. Berater, Dolmetscher und Spezialist für Beziehungen zu ausländischen Unternehmen! Guten Tag, verehrte Frau Chosima. Wie lautet übrigens zurzeit dein Vorname?«

»Fesseh, bist du sicher, dass du alle Sinne beisammenhast?«

»Ja, aber ich bin nicht so schlau wie du.«

»Du warst doch die, die mir ständig die Ohren voll redete, ich solle jemanden finden, der mich aus diesem Haus herausrettet. Hast du mir nicht gesagt, ich solle, bevor ich graue Haare bekomme, jemanden suchen, egal wen? Hauptsache, er gewährt mir Schutz. Wie kommt es, dass du jetzt ganz anders redest? Du warst doch die, die versucht hat, Gheiss in meinen Augen herabzusetzen. Er denke an seine Familie und ich sei nur ein Anhängsel, sagtest du. Du warst es doch, die so viel Mitleid mit mir hatte, mehr als ich selbst. Stimmt es etwa nicht? Als ich dir erzählte, dass der junge Herr aufgetaucht ist, bist du hochgesprungen und hast mich umarmt. Damals dachte ich nicht, dass deine Freude aus der Wut gegen Gheiss herrührt. Denn Gheiss hat dir nichts Böses getan. Niemandem hat er Böses getan. Ich glaubte, du freutest dich, weil ich endlich Aussicht auf eine geregelte Zukunft haben werde und dieses Haus verlassen könnte und weil mein neues Leben auch dir und Fachimeh Glück bringen könnte. Doch jetzt redest du auf einmal ganz anders. Was soll ich deiner Meinung nach tun?«

»Du fragst mich, was du tun sollst? Du schöne Schlange! Tausende meinesgleichen müssen bei dir in die Lehre gehen, damit sie lernen, wie man lügt und betrügt, du mit deinen unschuldigen Tränen und deinem lieblichen Lächeln! Du könntest noch dem Teufel einiges beibringen. Wie sonst konntest du fast sechs Monate lang mit zwei Männern so verkehren, dass sie voneinander nichts wussten? Und nun fragst du mich, was du tun sollst? Such dir einen anderen Esel. Du brauchst dich nicht mit deiner großen Schwester zu beraten. Du machst ohnehin, was dir passt, schneidest, nähst und wirfst den Rest in meinen Mülleimer. Hau ab, du Schlange. Lass deine Krokodilstränen. Um wen weinst du? Um den, der aus Sorge um dich gealtert ist, um den, dem du deine Last auf die Schultern legen willst, oder weinst du um dich? Vielleicht plagt dich dein Gewissen, weil du befürchtest, im Jenseits dafür büßen zu müssen? Hab keine Angst. Der Mann, den ich kenne, liebt dich so sehr, dass er dich nicht verfluchen wird. Nein, so ein Mensch ist er nicht. Vielleicht tut dir der junge Mann leid, weil er deine Lügen geglaubt hat und sich einbildet, du würdest ihn lieben. Sei beruhigt. Die jungen Leute sind viel zu naiv, um dich durchschauen zu können. Wozu hat Gott dich mit der Begabung gesegnet, klare Tränen zu vergießen, lieblich zu lächeln und damit zu kokettieren? Du spielst mit den Männern, wie du willst, versteckst, was sie nicht sehen sollen. Du weißt selbst, dass du eine versierte Schauspielerin bist und je nach Bedarf in verschiedene Rollen schlüpfen kannst. In einem Abstand von zwei Minuten kannst du mit zwei Männern nacheinander Liebesgespräche führen und sie begeistern. Gott war Zeuge, und ich auch. Ich habe dich nicht bloß ein- oder zweimal, sondern oft erlebt. Wegen welcher deiner Lügen weinst du jetzt? Eigentlich bemitleidest du dich selbst, du Auserwählte. Aber wem willst du jetzt die Schuld geben? Dem jungen Mann, der dir einen Geländewagen versprochen hat, oder dem Mann im mittleren Alter, den du in den Wahn getrieben hast? Du glaubst wohl, die anderen sind alle auf den Kopf gefallen? Begreifst du nicht, was das Schweigen von Gheiss bedeutet? Willst du ihn noch mehr zermürben, seine Knochen brechen? … Wo willst du hin? Für uns Weiber gibt es nur diese zwei ineinandergehende Zimmer. Du kannst nicht nach oben gehen, auch nicht nach unten, meine Schöne. Auch auf dem Flur kannst du nicht weinen. In der kleinen Kammer gibt es ebenfalls keinen Platz, zudem wirst du dort den Geruch von Schuhen und schmutziger Wäsche nicht aushalten. Komm ins Zimmer zurück, schließ die Tür. Zieh den Teppich zur Seite, damit die Tür zugeht. Es ist ja noch nicht Zeit zum Schlafen. Nun setz dich auf den Sessel, neben das Telefon. Ich wusste, dass du dich setzen wirst, denn dein Leben liegt in meiner Hand. Es genügt, wenn ich nur eines von deinen tausend Geheimnissen ausplaudere, bei unserem Vater oder bei denen, die nach einem Vorwand suchen, um dir einen Hieb zu versetzen … Nun wähl schon die Nummer. Ruf an, hörst du, du sollst anrufen. Mir versagt das Herz, ich kann nicht mehr reden. Los, wähl die Nummer!«

»Lass mich sterben Fesseh, lass mich sterben, du niederträchtige Person!«

»Ich sagte, du sollst anrufen, es wird zu spät!«

»Wen soll ich anrufen und wozu?«

»Wisch deine Tränen ab, putz dir die Nase. Ich spiele eine Kassette, und du wählst die Nummer. Wenn du gewählt hast, stelle ich die Musik laut, damit er nicht denkt, dass etwas Besonderes passiert ist. Dann sage ich dir, was du sagen sollst.«

»Was soll geschehen sein? Wen soll ich anrufen und wozu?«

»Gefällt dir die Musik? Eine leichte Musik, sie ist

beruhigend. Du bist doch eine Liebhaberin von Kunst und Dichtung und auch musikalisch begabt. Dieses Instrument … Der naive Gheiss! Er hat dir alles geschenkt, was du wolltest, auch dieses Instrument. Du hattest Lust, Musik zu machen. Er hat dir nie gesagt, dass man, um Sitar zu spielen, lange, schmale Finger braucht, und nicht erwähnt, dass deine fleischigen dicken Finger sich dafür nicht eignen. Ihm schien alles an dir vollkommen. Selbst deine Lügen ließ er sich nicht anmerken. In seinen Augen warst du in jeder Hinsicht schön, begehrenswert und vollkommen. Er sah keinen Fehler an dir. Jeden Makel von dir verwandelte er in seinem Geist zur Vollkommenheit.«

»Das sagst du mir jetzt? Warum warst du so lange stumm?«

»Wähl die Nummer, meine schöne Schwester, es wird zu spät!«

»Wessen Nummer?«

»Die Nummer deiner Schwester.«

»Asadeh?«

»Nein, Fachimeh!«

»Sie hat doch noch kein Mobiltelefon.«

»Wähl die Nummer, die du von ihr hast. Sie hatte dich doch dort mitgenommen, zum Friseursalon von Bitadjan. Weißt du die Nummer nicht auswendig? Doch, du hast doch ein gutes Gedächtnis. Wenn du dich konzentrierst, fällt sie dir bestimmt ein. Du bist ein Genie. Auch Gheiss meinte, du seiest ungewöhnlich klug. Er hat nicht übertrieben. Es ist wirklich so. Die

Nummer beginnt mit acht. Hast du sie gewählt? Du brauchst keine lange Begrüßung zu machen, sag ihr nur, sie soll sich davonmachen und nach Hause kommen. Sonst nichts. Leg den Hörer jetzt auf. Bitadjan weiß, was sie zu tun hat. Komm, jetzt gib mir deine Hand. Lass uns ein wenig tanzen, langsam, wie zwei Damen, bevor Fachimeh kommt. Sie mag flotte Musik, wenn es ihr gut geht und sie nicht allzu müde ist. Du weißt, sie kommt manchmal völlig erschöpft nach Hause, manchmal ist sie auch schlecht gelaunt. Jedenfalls mag sie keine langsame Musik. Gib acht, ich höre ihre Stimme, die Stimme von Fachimeh. Ich höre sie atmen, sie macht Fitness. Ich höre sie stöhnen, röcheln. Schweißperlen auf der Stirn … Ruckartige Bewegungen! Ich weiß, in welchem Zustand sie sich befindet. Diese ruckartigen Bewegungen … Hör, die ›Blaue Donau‹, fass meine rechte Hand und leg deine Linke auf meine Schulter, wie ein Paar. Du bist stark und groß, du kannst deinen Ellbogen auf meine Schulter legen und mit deiner Hand meinen Nacken streicheln. Wenn ich so groß wäre wie du, könnte ich meinen rechten Arm um deine Taille legen. Aber ich bin zu klein, und meine Hand und mein Ellbogen liegen auf deinem Gesäß. Hörst du die Musik, die ›Blaue Donau‹? Mein Kopf reicht nicht bis zu deinen Schultern. Du bist groß wie eine Zypresse, so hat dich Gheiss beschrieben. Mein Gesicht berührt deinen Hals. Er ist angenehm warm und duftet herrlich. Deine seidene Haut braucht kein Parfüm, meine Liebe. Gott hat dich mit allen Vorzügen gesegnet. Was für ein

Duft, was für eine berauschende Musik. Nachts, wenn du eingeschlafen bist, schnuppere ich an deinem Körper, vom Kopf bis zu den Füßen, auch an deinen Haaren, und ich küsse deine Wangen und deinen Hals so sanft, dass du nicht wach wirst. Was soll ich ohne dich tun, meine liebe Mahtab, Maha – was für schöne Namen Gheiss für dich gefunden hat: Mahtab, Maha, Mahama, Malmal! Ich kann nicht aufhören, sie zu wiederholen. Was soll ich ohne dich tun? Heute im Bad habe ich die ganze Zeit dich angeschaut. Wie aus Marmor geschnitten. Gott hat dich aus Marmor geschnitten und dir Leben eingehaucht. Deine schlanken Hüften, dein Gesäß und deine Schenkel, die runden Schultern, dein schlanker Hals und deine Brüste … wie zart und fein, eine vollendete Harmonie. Ich weiß, warum ich Gheiss hasse, obwohl er ein Mensch ist ohne jede Missgunst. Er ist auch anständig, sonst hätte er deine Schönheit nicht behüten können. Was soll ich ohne dich tun, meine Liebe! Ich, halb verbrannt, bin deiner nicht würdig, meine liebe Schwester, mein Herz, meine Seele. Manchmal, wenn ich dich anschaue, vergesse ich mich und möchte dich in meine Arme nehmen, an mich drücken, so fest, dass du nicht mehr atmen kannst, dass du erstickst. Dann würde ich mich neben dich setzen und bis an mein Lebensende weinen.«

»Fesseh, Fesseh!«

Sie muss Fesseh zurückgestoßen und auf den Sessel geschubst haben. Sie stand neben dem Sessel, schaute ihre Schwester an, deren knochiger Körper von einem

Beben überwältigt wurde. Ihre Zähne schlugen hörbar aufeinander, und ihre Lider blieben geschlossen, als befinde sie sich im Rausch. Sie schien aus diesem Glückszustand nicht aufwachen zu wollen. Nilufar legte eine leichte Decke auf sie. Nun musste sie rasch ihre schweißnassen Hände waschen und mit einem nassen Handtuch ihren Hals und ihre Brüste sauber machen. Doch vorher ging sie zum Kassettenrekorder, drückte hastig auf den Knopf, die Kassette sprang heraus. Eine höllische Stille beherrschte plötzlich den Raum. Sie blickte von der Seite auf Fesseh, die, noch im Rausch, ab und zu einen Seufzer ausstieß. Als Nilufar wieder zurückkam, ließ sie die Tür offen. Fesseh lag immer noch da. Aus dem Winkel ihrer noch zitternden Lippen lief dicker Speichel heraus zu ihrem Kinn. Die Lider hielt sie immer noch verschlossen. Die Nasenflügel flatterten. Nilufar mochte nicht in den Spiegel schauen, sie schaltete auch nicht das Licht ein, obwohl es inzwischen dunkel geworden ist. Sie setzte sich in eine Ecke, schlang die Arme um die Knie, stützte ihr Kinn darauf und schloss die Augen. Vielleicht hatte sie diese Gedichtzeile einmal gehört oder gelesen: »Ich schließe die Lider, um die Welt zu vergessen.«

Sie wollte Fesseh nicht anschauen, die im halb wachen Zustand Satzfetzen ausstieß. Nilufar öffnete nur kurz die Augen, schaute auf den schlaff daliegenden Körper ihrer Schwester, wie um die Szene vollständig in ihr Hirn aufzunehmen. Dann schließt sie wieder die Augen, ohne das Kinn auf den Knien zu bewegen, und wiederholt den herrenlosen Vers: Ich schließe die Lider, um die Welt zu vergessen. Dann überlässt sie sich der Nacht, die uns umschlingt und behütet wie eine traurige Mutter ihre verwaisten Kinder.

Sie müsste heulen, laut weinen, sogar schreien. Aber sie hat sich zu beherrschen gelernt, kaut nur an den Fingernägeln und nagt an ihren Lippen, so stark, dass sie zu bluten beginnen.

Sie blickt auf ihre Schwester, die immer noch im Sessel liegt. Sie hat die Decke bis zu den Schultern hochgezogen, ihren Kopf zurückgelehnt, der wahnhafte Rausch war vorbei, die Zähne klapperten noch ab und zu, aber ihre Augen blieben geschlossen, als ob sie nicht zurückkehren wollte. Ihre Tränen nässten sanft ihre Wimpern, rollten mitsamt der Wimperntusche über ihre mageren, blassen Wangen herab.

Nilufar hatte ihren Kopf an die Wand gelehnt und starrte vor sich hin. Vielleicht merkte sie, dass auch ihre Tränen herabrollten auf die Wangen, die nach den Aufregungen wie Blumenblätter hellrot aussahen.

Bei den Gesprächen und Auseinandersetzungen der beiden Schwestern, die nicht selten waren, bekam Fesseh oft Lust nach einer Zigarette. Dann zog sie den Vorhang der Hinterkammer zurück, nahm eine von den dort versteckten Zigaretten, öffnete die Fenster, schloss die Tür, die nie geschlossen sein dürfte, und zündete die Zigarette an. Sie benutzte nicht den Aschenbecher, damit niemand merkte, dass sie geraucht hatte. Sie inhalierte den Rauch, setzte sich dabei an das Fenster, das zur

Gasse hinausging, benutzte die linke Hand als Aschenbecher und warf, sobald sie das Geräusch der Tür hörte, die Zigarette mit der Asche aus dem Fenster. Mit Ausnahme von Fachimeh, Azadeh und Nilufar durfte niemand wissen, dass sie gelegentlich rauchte. Aus der Sicht Senemars galt das Rauchen einer Frau nicht nur als Makel, er hielt es für ein sträfliches Vergehen. Der alte, schweigsame Mann hatte einen sehr scharfen Geruchssinn. Deshalb musste die Tür geschlossen bleiben, und nach dem letzten Zug wurde der Rauch mit dem Gebetstuch hinausgewedelt, wenn die Luft stillstand und die Spuren der Straftat nicht beseitigen konnte.

Nun glaubte Nilufar, dass Fesseh zu sich zurücklehnen und sich eine Zigarette holen würde. Oder sie würde Nilufar bitten, ihr eine Zigarette aus dem Versteck zu bringen. Doch Fesseh regte sich nicht. Nilufar bedauerte nun, dass sie dieses Mal Gheiss nicht um ein paar Zigaretten gebeten hatte. Sonst brachte sie für Fesseh immer welche mit, als Zeichen dafür, dass sie an ihre Schwester gedacht hatte.

Jetzt war es ganz still, ein Stillstand, der nicht enden wollte. Nilufar konnte nicht begreifen, warum sie keine Kraft mehr hatte, um ein Wort zu äußern und diese Stimmung zu beenden, die gewöhnlich nach der Katastrophe, nach einem epileptischen Anfall, entstand. Nein, sie war zu keinem Wort fähig. Vollkommen wehrlos, wie eine Unterworfene, starrte sie still und ratlos in die Welt. Selbst von den Tränen, die ihr aus den Augen herabrollten, wusste sie vermutlich nichts. Anscheinend existierte nur noch eine Lebensader in ihr, und das war das Warten auf ein Wort oder eine Handlung von Fesseh. Ihr Hirn war so leer, dass sie nicht einmal sich selbst eine Frage stellen konnte. Sonst hätte sie all diese Ereignisse zurückführen können auf die Beschwörungen eines Wahrsagers, zu dem sie Fesseh gebracht hatte, in Begleitung von zwei ihrer Kolleginnen. Es hieß, eine von ihnen habe ihr Wissenschaftsstudium abgeschlossen und die andere schriebe ihre Doktorarbeit.

Nilufar hatte, um nicht als Lügnerin zu erscheinen und sich vor Gheiss nicht schämen zu müssen, auch diese Besuche beim Wahrsager erwähnt. Sie wusste, dass Gheiss ohnehin nichts verborgen blieb. Wie immer mit einem sanften, rätselhaften Lächeln erzählte sie, der Wahrsager habe gesagt: »Du bist in einen verliebt, der dich liebt, du bist bereit, ihm dein Leben zu geben, und er ist bereit, für dich zu sterben.«

»Alles, was er sagte, deutete auf dich«, sagte sie. »Sogar die Haarfarbe und die Farbe deiner Haut!« Gheiss blieb still und dachte: So weit musste es kommen, dass Wahrsager über mein Schicksal entscheiden, Wahrsager und Fesseh!

»Alle seine Kunden sind schicke Damen aus dem Norden der Stadt … Ich schwöre«, sagte sie.

Er wusste es, wollte es aber nicht wissen. Er wollte nicht wissen, dass etwas im Gange war, um einen Ausweg zu finden. Wie konnte man im entscheidenden Augenblick ein trunkenes Pferd zähmen, just wenn es auf der Höhe an einem furchtbar gefährlichen Abhang läuft. Er wusste es, wollte es aber nicht wissen, dass dort, am Ende der namenlosen Gassen der Stadt, der Pfeil auf ihn gerichtet wurde, eingepackt in die Worte des Wahrsagers.

Fesseh kam allmählich zu sich. Sicherlich erinnerte sie sich vage an das, was sie zuvor gesagt und getan hatte. Dennoch wollte sie nicht in ihre Haut zurückkehren. Sie wollte die Decke, die auf ihr lag, über Schultern und Rücken ziehen. Sie erhob sich von dem Sessel, legte die Decke auf ihre Schultern, setzte sich auf einen Stuhl mit Lehne, Ledersitz und hohen Beinen, eine Nachahmung der Stühle aus der Zeit von Ludwig dem Soundsovielten, legte die Flügel der Decke auf ihre Knie und empfand, dass ihre Körpergröße zu diesem Stuhl passte. So war es auch. Obwohl ihre Beine im Vergleich zu ihrem Oberkörper kurz geraten waren, berührte sie mit den Füßen den Teppich. Sie hatte hauptsächlich den Platz gewechselt, weil sie nicht Nilufar gegenübersitzen wollte. Zudem befreite sie sich von dem großen Sessel, in dem sie sich wie eingezwängt in einer Faust, verloren vorkam. Nun konnte sie fest auf dem Ludwig-Stuhl sitzen und ohne Nilufar anzuschauen sie bitten, ihr eine Tasse Tee zu bringen. Dennoch fühlte sie sich auf ihrem Platz nicht ganz wohl. Sie starrte geradeaus, vielleicht aber auch auf Nilufars kleine Bibliothek.

Als Nilufar die Teetasse auf den kleinen Tisch stellte, verlangte Fesseh eine Zigarette. Eine Packung ausländischer Zigaretten sei in der Tasche ihres gelben Mantels, sagte sie. Aus dem Flur war das Radio von Senemar deutlich zu hören. Aber noch lauter dröhnte aus dem unteren Stock der Fernseher. Denn Djan Baji meinte, sie könne nicht mehr so gut hören. Nilufar schloss die Tür, überreichte Fesseh die Zigarette und Streichhölzer. Mehr als je zuvor sah sie Dickens Havisham ähnlich. So wurde sie auch genannt. Es fehlte nur ein großer Tisch, auf dem sie Karten legte. Nilufar, die während der Auseinandersetzung mit Fesseh die Fenster geschlossen hatte, damit ihre Stimmen nicht nach außen drängen, zog jetzt den Vorhang zur Seite und öffnete ein Fenster. Der Zigarettenrauch, den Fesseh ausstieß, stieg schlangenförmig zur Decke hoch. Nilufar fühlte immer noch Beklemmung. Sie setzte sich auf ihren Platz und hatte den Eindruck, dass Fesseh noch nicht zu ihrem normalen Zustand zurückgefunden hatte.

Ich werde ihn aus den geübten Händen von Meister Sarif empfangen und ihn vor den Spiegel halten, ich wiederhole: vor den Spiegel! Die Waffe hat eine scharfe, glänzende Spitze und ist zweischneidig und leicht. Die Spitze ist scharf wie eine Nadelspitze, so wollte ich es haben. Ein großes Lob für den Meister! Der Griff ist überzogen mit Rehhaut. Alle meine Gedichte werde ich den schlanken, flinken Fingern von Meister Sarif widmen. Ich sehe die Freudentränen in seinen Augen, die an die Augen meines Vaters erinnern. Ich küsse seine Hände und seine Schulter. Und als ich über seine dürren Schultern schaue, sehe ich einen abgetragenen grauen Regenmantel, der an einem Nagel an der Wand hängt. Bevor ich den Dolch in die Tasche stecke, macht der Meister mich auf einen trockenen Blutstropfen auf der Klinge aufmerksam, den man nicht abwischen kann. »Das Blut ist alt, mein Herr. Haben Sie die Geschichten über ein Herz voller Blut gelesen?«

Ich verstehe und schaue ihn nur an. Die Dinge ändern sich nicht mit dem Kalender, und das Leben setzt sich in anderen Körpern fort, in den Händen und Augen von Meister Sarif und in meinem Herzen und meinen Gefühlen. Also übergebe ich mich meiner Seele und gehe zur Gasse, bleibe kurz an ihrem Ende an einer Gabelung stehen. Hier kann ich sein, wie ich möchte. Niemand kann meinen Geist, meine Seele, meine Gedanken erkennen.

Die Haustür öffnet sich, der robuste Mann betritt den Flur und knallt grob die Eisentür zu, so laut, dass alle Bewohner des Hauses es hören. Ein Beben durchzieht ihre Körper, sogar Djan Badji beginnt zu zittern. Obwohl sie den Mann nicht fürchtet und stolz ist, dass sie einen Menschen großgezogen hat, vor dem sich alle fürchten. Er stützt sich nicht an der Wand, taumelt auch nicht, er schreitet aufrecht durch den Flur, steckt den Kopf durch die Tür ins Zimmer. Sein schlechter Mundgeruch breitet sich im Raum aus. Er schaltet das Licht im Zimmer neben dem Hof ein. Dort ist niemand. »Wo seid ihr alle«, schreit er und hört, wie jemand »Allah Akbar, Gott ist groß« ruft. Mutter ist also im anderen Zimmer beim Abendgebet und hat gerufen, um sich bemerkbar zu machen, ohne das Gebet abzubrechen. Er stützt die Arme an den Türrahmen und streckt Kopf und Brust nach vorn, blickt ins Zimmer, dann geht er in den Hof zum kleinen Wasserbecken. Er begießt Kopf und Hals mit einem Wasserschlauch, um sich abzukühlen, spült seinen Mund, und als er sich aufrichtet, stößt er einen lauten Schrei aus der Tiefe seiner Lunge. Der Schrei wirbelt durch das ganze Haus und schreckt die Schwestern auf, die schnell zum Fenster rennen, leise den Vorhang zur Seite schieben, so weit, dass sie in den

Hof schauen können. Es ist nicht klar, wer von ihnen ihn zum Teufel wünscht, vielleicht kam der Fluch von beiden gleichzeitig. Er kam vom Herzen, erreichte die Zunge und wurde, halb ausgesprochen, in der Brust erstickt. Die Fenster sind geschlossen. Die Stimme im Radio im oberen Stock schweigt für einige Augenblicke, ist aber dann wieder, vermischt mit Störgeräuschen, zu hören. Es ist nicht nötig zu erwähnen, dass das Beben, das mit dem Zuschlagen der eisernen Tür ausgelöst wurde, mehr als andere die Schwestern traf. Sie versuchten ihre innere Unruhe mit Beißen der Lippen und dem Kauen der Fingernägel zu zähmen. Um den Zigarettengeruch brauchen sie sich keine Sorgen zu machen. Denn Senemar hatte verboten, dass jemand außer ihnen ohne Erlaubnis das Gästezimmer im oberen Stock betritt. Dennoch sind sie unruhig, denn sie sehen durch die Fensterscheibe die Wirkung des Alkohols und wissen, dass der Rausch die normalen Verhaltensregeln aussetzt und sogar zu ihrer Verletzung verleitet. Darum das sorgenvolle Erbeben der Schwestern, zumal sie merken, dass der Mann weit mehr als sonst getrunken hat. Sie fragen sich, wie es kommt, dass er nicht erblindet. Haben doch die Zeitungen geschrieben, dass künstlich hergestellte Spirituosen zur Erblindung führen. Warum ist er nicht längst erblindet?

»Bist du immer noch nicht fertig, Mutter?«

»Was willst du von mir? Ohne mein Gebet zu Ende zu sprechen, habe ich meinen Gebetsteppich weggeräumt.«

»Bring mir kaltes Wasser. Wasser mit Eis, ohne Zitronensaft!«

Fesseh schlägt, wie im Haus üblich, eine Ecke des Teppichs zurück, um die Tür schließen zu können. Dann dreht sie zweimal den Schlüssel im Schloss und verriegelt die Tür, lehnt sich gegen sie, gerät aber auf dem zurückgeschlagenen Teppich ins Rutschen und nimmt eine Haltung ein, als würde sie auf einem Stuhl sitzen. Sie zittert am ganzen Körper, Blässe breitet sich über ihr Gesicht aus, ihre Lippen werden blutleer, ihre Augen sind erstarrt und ihre knochige Nase ist spitz. Sie wirkt verängstigt, wie die Atmosphäre, die plötzlich im Haus entstanden ist.

»Gib mir eine Schere, ein Messer oder irgendetwas Ähnliches, Nilufar. Sag kein Wort, tu nur, was ich dir sage. Ich hatte einen Traum, habe von ihm geträumt. Gib mir ein Messer oder eine Schere!«

»Hier gibt es weder ein Messer noch eine Schere, wenn, dann in der Kammer. Du hast die Tür geschlossen. Geh zur Seite, damit ich sie öffnen kann.«

»Nein, nein. Geh zum Fenster und pass auf. Wenn du sie siehst, sag ihr, dass sie umkehren soll. Sie soll heute Nacht woanders schlafen. Sag ihr, sie soll zu Asadeh gehen. Ich hatte einen Traum.«

»Ich sehe niemanden, ich bin ja nicht blind. Niemand ist auf der Gasse. Wenn sie käme, würde man das Geräusch ihrer hohen Absätze von Weitem hören.«

»Wer weiß, vielleicht hat sie ihre Schuhe gewechselt und die Turnschuhe angezogen. Du kennst sie doch!«

»Was soll ich tun? Aus dem Fenster auf die Gasse springen?«

»Ruf ihre Freundin Bina an. Bitte zu Gott, dass sie noch da ist. Los, wähl die Nummer.«

»Du siehst doch, dass ich dabei bin. Es klingelt, niemand nimmt ab. Sie hatte gesagt, dass sie gemeinsam mit der Freundin zum Fitness gehen würde. Soll ich weiterklingeln lassen? Es hat keinen Sinn, es scheint niemand da zu sein.«

Fesseh rutscht mit dem Rücken an der Tür zu Boden und sitzt nun da, mit gespreizten Knien, leerem Kopf und verwirrtem Blick. »Ich hatte einen Traum, ich habe von ihm geträumt«, sagt sie wieder und wieder.

»Fesseh, Fesseh, du treibst mich in den Wahnsinn. Steh auf und lass mich die Tür öffnen!«

»Nein, nein, auf keinen Fall.«

»Wolltest du nicht Messer und Schere haben?«

»Doch, doch. O Gott, warum lässt du uns nicht alle miteinander sterben?«

»Steh auf. Ich will versuchen, Messer und Schere zu finden. Auch mein Herz zittert. Du hast mein Herz besudelt.«

»Dein Herz besudelt, armes Mädchen? Ich habe dein Herz besudelt, ich? Du unschuldiger Engel! Du mathematisches Genie und Meisterin der Lüge! Du Bastard, du Hure! Du schönbeinige Prostituierte! Vermutlich war ich auch das elfjährige Mädchen, das an jenem Mittag bei Sonnenfinsternis auf das Dach rannte, um sich in den Hof zu stürzen? War ich das?«

Fesseh ließ einen Schrei los, unterdrückte ihn aber halb, drückte mit beiden Händen auf ihren Mund, als wollte sie sich ersticken. Nur aus ihren weit aufgerissenen Augen sprach noch ihr Traum, den sie Stück für Stück vernichten wollte. Nilufar stand ihr gegenüber und spürte ihren Blick auf sich, aus dem mittlerweile keinerlei menschliche Gefühle mehr sprachen. Aus der Tiefe ihrer Augen blitzte es kalt wie von zwei Eiszapfen, die wie eingehämmerte Nägel aussahen. In ihrem Blick vermischten sich Angst, Scham und Niedertracht, widersprüchliche Gefühle, die sich tausendfach unterschiedlich deuten ließen. Nun neigte sie wie eine verfluchte, erniedrigte Mutter ihren Kopf, als ob sie sagen wollte, hätte ich dich doch nie geboren, du weißer Engel, schön gewachsen wie eine Zypresse. Schon als Jugendliche brach deine zarte Haut die Scham und ließ der Begierde freien Lauf. Du spieltest im Haus herum, benahmst dich, als wärest du immer noch ein Kind, warfst dich jedem an die Brust, der dir die Arme öffnete. Du warst der Liebling von allen.

So war es doch! Ihre Hände fielen langsam von ihrem Mund herab, sie lehnte mit dem Rücken an der Tür, saß auf dem Boden und brummte: »Die Männer … Entweder sind sie dumm oder böse. Nur Gheiss ist weder dumm noch böse. Weil du ihn aber für dumm hältst, musst du wissen, dass aus ihm Böses wird. Mir tut er wegen seiner Aufrichtigkeit leid.«

»Willst du mit den Sticheleien nicht aufhören? Hast du noch mehr Gift, das du mir in die Augen und Ohren streust, du siebenköpfiges Ungeheuer, du meine unfruchtbare Schwester? Was willst du noch? Soll ich Blut weinen, damit du mich in Ruhe lässt, du ehrliches, sauberes, aufrechtes Fräulein! Ich wünschte, genau wie du, dass ein Beben dieses verdammte Haus in Trümmer verwandelt und uns darunter begräbt. Wenigstens das kannst du mir glauben. Auch ich wünsche mir jede Nacht den Tod herbei, denn ich halte es in dieser Hölle nicht mehr aus. Ich habe genug. Von Anfang an war ich überflüssig. Das weiß ich. Schade, dass es damals nicht gelang, mich abzutreiben. Wäre ich doch bloß nie geboren. Ich habe den Mann für meine Bedürfnisse und Wünsche geopfert, und ich weiß nicht, ob all das, was ich ihm gesagt habe, Lüge oder Wahrheit war. Ich schwöre bei Gott, dass ich es nicht weiß.«

»Du weißt es nicht? Wenn es drauf ankommt, weißt du gar nichts. Du kannst dich wunderbar verstellen. Sogar mich hast schon tausend Mal in die Irre geführt. Zum Beispiel damals mit den hunderttausend Tuman. Du hast dich einfach dumm gestellt, sogar als du den Sack voller Geldscheine entgegennahmst und den Erhalt quittiertest. Du willst den Unterschied zwischen fünftausend und fünfhunderttausend Tuman nicht gemerkt habe, du beste Schülerin aller Gymnasien der Provinz! Ebenso hattest du wohl keine Ahnung, als du mich batest, mit einem kleinen Sack zur Bank zu kommen. Aber dann hast du, um dein Gewissen zu beruhigen, Gheiss angerufen und ihm gesagt, dass die Bank einen Fehler gemacht habe.

Du Inbegriff der Lüge! Hast Gheiss davon überzeugt, dass du das Geld zurückgegeben hast. Du selbst hast mir erzählt, dass Gheiss dir geglaubt hat. Er hat dir immer geglaubt, weil er dich als ein vollkommenes Wesen betrachtete. Was hast du aber getan? Du hast das Geld nicht der Bank zurückgegeben. Stattdessen hast du noch verführerischer kokettiert, beim Teeservieren und Abräumen der Tassen und Tischdecken noch sanfter als sonst gelächelt. Und welch eine Anstrengung, als du den Ventilator zu dem Bären, deinem Chef, drehtest, dem der Schweiß von den Ohren herunterlief. Dann hast du für ein Mittagessen, für fünfhunderttausend Tuman …

Warte, warte! Danach hast du Gheiss die Geschichte erzählt, denn, wie du selbst sagtest, er war immer in dir und wusste, was du machst. Dann hast du dich von allem distanziert und die Schuld auf andere geschoben: ›Er hat mich nur ein Stück des Weges in seinem Auto mitgenommen. Ich schwöre bei Gott, beim Leben meiner Mutter, ich sage die Wahrheit!‹ Du brauchtest nicht zu schwören, um den besessenen Liebhaber zu überzeugen. Du hattest ihn verzaubert, und er wäre nie auf den Gedanken gekommen, dass du hinter seinem Rücken einem anderen schöne Augen machst. Wenn er es geahnt hätte, wäre er längst im Irrenhaus gelandet. Ich habe ihn kennengelernt und mit ihm gesprochen. Er hatte dir gesagt, dass du weit mehr wert seiest als zigmal fünfhunderttausend Tuman! Du hast keine schönen Tage mehr vor dir, meine kleine Schwester. Weine ruhig, weine!«

»Das tue ich immer. Aber es war nicht Gheiss, der mich zum Wahrsager geschleppt hat. Du warst es, in Begleitung deiner studierten Kolleginnen. Der Wahrsager sollte mir den Weg zu meinem Glück öffnen. Du hast recht, mir Vorwürfe zu machen, bis mir die Tränen kommen. Solange ich mit Gheiss verbunden war, wollte keiner von euch mich in diesem Haus dulden. Ständig habt ihr gestichelt …

Ihr habt mich ausgelaugt, habt alle eure Komplexe auf mich abgeladen und mir an den Kopf geworfen, bis ich völlig zermürbt war. Zehn Jahre gingen vorüber, und keiner von euch fragte mich, warum ich studiere, was ich studiere. Obwohl ihr wusstet, dass dank ihm aus mir etwas anderes werden konnte als einer dieser Menschen, die nutzlos ihren Alltag verbringen und ihre Zeit vergeuden. Als ich die Hürden überwunden hatte, begannen eure Sticheleien, euer Geflüster und eure Ratschläge, und schließlich habt ihr mich zum Wahrsager geschleppt. Ich bin selbst schuld, wenn mir das Bücherregal auf den Kopf fällt, ich habe nichts anderes verdient. Das kam mir gerade an jenem Tag in den Sinn, als wir vom Wahrsager, diesem Hundesohn, der die Frauen anmacht, nach Hause kamen. Ich sah die Bücherregale, die ich mir angeschafft hatte, nur weil Gheiss mich dazu ermunterte. Das war ein Dorn in euren neidvollen Augen. Ich war eben anders als ihr. Als wir vom Wahrsager zurückkehrten, wünschte ich, dass es ein Beben gäbe und mir die Regale auf den Kopf stürzen würden. Ich setzte mich neben die Regale und weinte. Ich dachte: Soll nach all den Jahren mit Gheiss ein Wahrsager das aussprechen, was wir selbst nicht zu sagen wagen?

Als ich ihm erzählte, dass mir ein Wahrsager meine Zukunft vorausgesagt hatte, schaute er mich nur von der Seite an und lächelte spöttisch, bitter und ironisch. Dann wendete er seinen Blick ab und starrte vor sich hin. Ich kenne ihn allzu gut und wusste, welches Feuer in ihm loderte. Aber er wollte nicht, dass ich das Feuer spürte. Ihr alle miteinander habt mich und ihn vernichtet. Was verlangt ihr noch?«

»Ich hasse, ich hasse alle, auch Gheiss. Ich hasse das Leben in diesem Haus. Verstehst du das?«

Sie saßen einander gegenüber und weinten. Fesseh an die Tür gelehnt und Nilufar an den Sessel. Beide hatten aus Scham den Kopf gesenkt, um dem Blick der anderen auszuweichen. Ihre Gesichter waren verschmiert von Tränen und Schminke. Die Erschöpfung und das ständige Weinen hatten ihre Stimmen besänftigt. Sie merkten nicht, dass ihre Kleider die Knie und Schenkel nicht mehr bedeckten, so wie auch ihre Seelen sich voreinander entblößt hatten.

Als nun Fesseh ihre Knie, Schenkel und Füße sah, fiel ihr auf, wie breit und hart ihre Knie, dünn und schlapp ihre Schenkel und platt ihre Füße waren. »Schau mich an. Sehen so die Schenkel und Knie einer Frau aus? Ein totgeborenes Kind! Ich habe immer gedacht, ein totgeborenes Kind würde nicht anders aussehen. Diese Füße! Auch meine Hüften sind aus den Fugen. Mein Oberkörper würde einigermaßen menschlich aussehen, wenn meine Beine wenigstens dreißig Zentimeter länger wären. Wenn ich Schuhe mit hohen Absätzen trage, merke ich selbst, dass ich komisch aussehe. Schweig! Du brauchst nichts zu sagen. Ich weiß, dass ich die vierzig schon überschritten habe. Ich bin kein Mädchen, das auf Schmeicheleien hereinfällt. Vergleiche dich nur für einen Augenblick mit mir und sei still!«

In diesem Moment merkte Nilufar, dass sie Schenkel und Oberkörper bedecken musste. Sie stand auf, holte Papiertaschentücher und säuberte ihr Gesicht. Dann brachte sie die Schachtel mit den Taschentüchern zu Fesseh, die immer noch auf den Teppich starrte und offenbar nicht aus ihrer Stimmung herauskommen wollte. Nilufar kniete vor ihr nieder, nahm zwei Taschentücher und versuchte Fessehs Gesicht zu säubern. Dann bat sie sie, aufzustehen. Aber Fesseh hatte keinen eigenen Willen, um aufzustehen. Nilufar packte sie am Arm und zog sie hoch. Schlaff fiel sie ihrer Schwester in die Arme, legte den Kopf auf ihre Schulter und sagte kein Wort. Nilufar zog sie zum Sessel. Dann ging sie zur Tür, legte einen Zipfel des Teppichs zurück, um die Tür leichter öffnen zu können. Sie hörte die gepresste Stimme der Mutter, die sagte: »Sie atmet nicht mehr, er hat sie erstickt …« Sie wollte offenbar nicht, dass es im oberen Stock gehört wurde, wo sich Senemar aufhielt.

Nilufar stützte sich an der Wand und stieg mit Mühe und schwer atmend die Treppe hoch.

In dem Zimmer, dessen Fenster zur Gasse ging, lag Fachimeh auf dem Boden. Ardi saß auf ihren Schenkeln.

Er hatte die Finger um ihren Hals geklammert. Fachimehs rasselnde Atemzüge wurden von den Geräuschen aus dem Fernseher übertönt. Man hörte auch die Stimme Ardis, der wiederholt sagte: »Dieses Mal werde ich dich töten.«

Verschiedene Früchte der Jahreszeit, vornehme Schuhe, die Handtasche, Packungen von Kaugummi, Bonbons und Schokolade lagen im Zimmer herum. Fachimehs Turnschuhe fielen, während sie mit den Füßen strampelte, besonders auf. Was geschehen war, geschah nicht zum ersten Mal, kam aber unerwartet. Daher standen die Schwestern verwirrt und blass in der Nähe, bis die Mutter ihnen einen Stoß gab und sie aufforderte, Ardi wegzuziehen, bevor Fachimeh erstickte.

Ardi lag inzwischen mit seinem ganzen Körper auf Fachimeh, als wolle er jede Bewegung von ihr verhindern. Als die Schwestern seine Arme und seinen Hals festhielten, wehrte er sich mit ganzer Kraft, bis die Mutter ihm mit einer Pfanne einen Schlag auf den Kopf versetzte. Ardi geriet für einige Augenblicke in Verwirrung, die Schwester nutzten die Gelegenheit, zogen ihn weg und Fachimeh konnte sich vor dem sicheren Tod retten. Sie rannte aus dem Zimmer, wollte auf die Straße, hielt aber auf dem Hof inne und schlug sich mit beiden Händen auf den Kopf, denn sie merkte, dass ihr Kleid zerrissen war und sie zurückkehren musste. Sie konnte aber nicht die Treppen hoch in den oberen Stock in ihr Zimmer rennen und die Tür schließen, weil die Treppe durch die Geschwister, die sich noch stritten, versperrt war.

Also rannte sie in den Hof zurück und schloss die Eingangstür zum Flur, ohne zu bedenken, dass das Schloss an der Tür mit einem festen Stoß aufgebrochen werden könnte. So kam es auch. Ardi warf die Schwestern zur Seite und rannte in den Hof, um Fachimeh wieder zu fangen. Dabei stießen beide gegen die Metalltür der Toilette, Ardi rutschte aus, Nilufar, Fesseh und die Mutter eilten herbei. Fachimeh fand Gelegenheit, die Tür des Bads zu öffnen und dort zu verschwinden. Draußen versuchten die beiden Schwestern und die Mutter, den jungen Mann an den Armen und am Hals festzuhalten. Doch ihm gelang durch eine geschickte Drehung, alle drei Frauen zur Seite zu werfen, ins Bad zu gehen und die Tür hinter sich abzuschließen.

Minutenlang herrschte im Haus Totenstille. Alle Bewohner kannten Ardis Messer. Er nannte es »Rindertöter«. Auf beiden Seiten der Tür schlugen in der Stille die Flügel des Todes. Die Schwestern und die Mutter standen mit aufgerissenen Augen wie erstarrt hinter der Tür, bis der erste Schrei von Fachimeh sie aufrüttelte. Maha hätte nach oben rennen und dem Vater Bescheid sagen können. Aber was hätte der alte Mann tun können?

Fesseh lief zum Flur, doch Nilufar hielt sie zurück. Sie wollte nicht, dass die Nachbarn zur Hilfe gerufen wurden. Sie holte von hinter der Treppe Vaters altes Brecheisen und versuchte damit die Badetür aufzubrechen. Die Schreie, Schimpfe und Drohungen im Bad vermischten sich mit dem Flügelschlag eines Vogels im Käfig. Man hörte die Stimme Fachimehs: »Töte mich nicht!« Langsam verwandelten sich die Schreie in Wehklagen, dann in Heulen und schließlich in Atemzüge und Zuckungen eines sterbenden Menschen. Djan Badji klopfte flehend an der Badetür. Das Brecheisen konnte nichts ausrichten, das war keine geeignete Waffe für Frauen. Die Nachbarn … hoffentlich merken und hören es die Nachbarn nicht! Wiederum herrschte eine furchterregende Stille im Haus. Nur der Sprecher in Senemars Radio war aus dem kleinen Himmel des Hauses zu hören. Die Frauen hockten sich auf den Boden. Gott weiß, wie die Augenblicke vergingen. Auch der Radiosprecher hörte zu reden auf. Das Programm war zu Ende. Wie ein Schock öffnete sich auf einmal die Metalltür des Bads und Fachimeh wurde hinausgeworfen. Sie war halb tot, fast leblos, ihr Kleid war vollkommen zerrissen, ihr Gesicht war grau wie Asche. Über ihre Schultern und Arme floss Blut. Sie hustete kurz, hielt ihren Kopf gesenkt. Die Mutter ging zu ihr. Fachimeh lebte noch. Plötzlich begann sie wie besessen zu schreien. Rannte auf den Flur zur Treppe. Die Schwestern liefen ihr nach. Vermutlich wollte Fachimeh in ihr Zimmer. Blutstropfen markierten ihren Weg. Doch Fachimeh ging nicht in ihr Zimmer, auch nicht in die Kleiderkammer. Sie stieß ein paar Mal Schreie aus und rannte zum Zimmer von Senemar. Die Schwestern wollten sie zurückhalten, doch sie ging hinein und schloss die Tür. Die Schwestern gingen auf die Terrasse, aber Fachimeh zog die Vorhänge zu.

Die Schwestern gehen nach unten, setzen sich zusammen mit ihrer Mutter auf die Zwischenstufe der Treppe. Nilufar ist mehr als andere um das Herzleiden ihres Vaters besorgt. Sie will vermeiden, dass ihr Vater etwas von dem Vorfall mitbekommt, aber umsonst. Jetzt kann sie nichts mehr tun und muss warten. Fesseh und die Mutter begeben sich nach unten und stellen sich auf den Flur an der Schwelle zum Hof und starren auf die Tür des Bads. Fesseh zittert vor Todesangst. Sie hatte Ardi gesehen, wie er mit einem Sprung zu den Betten gerannt war, in die Tasche gegriffen und gesagt hatte, er werde sie noch heute Abend töten. Doch dann war er hinter Fachimeh hergerannt. Also hatte er sein Messer dabei. Davon stammten auch die Verletzungen am Hals und an den Schultern von Fachimeh. Aber warum kommt Ardi nicht aus dem Bad heraus? Niemand wagt es, hineinzugehen und nachzuschauen.

Das Licht im Treppenhaus geht an. Die gewichtige Anwesenheit von Senemar wird spürbar. Er kommt die Treppe herunter. Vermutlich geht Nilufar an seiner Seite und hält seinen Arm. Fachimeh torkelt hinterher. Sie hat sich in ein Betttuch eingewickelt und ein Stück Stoff in ihren Mund gesteckt, um ihre Klagerufe zurückzuhalten. Nun hat der Vater die Zwischenstufe der Treppe erreicht. Vor ihm geht Nilufar. Senemar hat seinen Stock in der Hand. Als er zum Flur gelangt, bleibt er einen Augenblick lang stehen und atmet durch. Dann schreitet er zum Hof. Fesseh nimmt einen vor der Toilettentür umgefallenen Schemel und stellt ihn wieder auf. Senemar trägt einen Anzug mit Krawatte und einen Hut. Er nimmt auf dem Schemel Platz. Fachimeh setzt sich am Ende des Flurs auf eine Treppe und versteckt das Gesicht in ihren Händen. Nilufar holt den Bettüberwurf vom Bett ihrer Mutter und legt ihn auf Fachimehs zitternde Schultern. Dann bringt sie dem Vater ein Glas Wasser, um seine Wut zu beschwichtigen. Senemar lehnt das Wasser nicht ab, aber nippt bloß an dem Glas und gibt es Nilufar zurück.

Nilufar schaltet das Licht im Hof ein, um die Vorgänge normal erscheinen zu lassen. Dabei merkt sie, dass das Licht im Flur ausgeschaltet ist. Als das Licht den Hof erhellt, lässt Fachimeh einen Schrei los: »Mach das Licht aus«, ruft sie, verdeckt ihr Gesicht mit ihrem Schleier und schlägt ihre Stirn an die Wand. Zugleich hört man die Stimme Ardis, der ebenso ruft: »Macht das Licht aus.« Er bittet die Mutter, ihm ein Badetuch zu bringen. Dann kommt er aus dem Bad heraus, den Körper mit dem Badetuch bedeckt und eine Hose und ein Hemd in der Hand. Er läuft aus dem dunklen Raum zum Flur, aber bevor er dahin gelangt, hält ihm der Vater seinen Stock quer entgegen. Ardi bleibt stehen. Senemar erhebt sich vom Schemel, stellt sich dem Sohn gegenüber und schlägt ihm mit der flachen Hand ins Gesicht. Alle wissen, wie heftig Vaters Ohrfeigen sind. Ardi gerät außer sich, schlägt zurück und schreit: »Es ist deine Schuld, dass dieses Haus so missraten ist!« Das Badetuch fällt von seinen Schultern herab und die Schneide seines Messers reflektiert im schwachen Licht. Zum

Schutz des Vaters umringen ihn die Frauen. Er hat sich nach dem Schlag wieder auf den Sessel gesetzt. Ardi hält das Badetuch vor seine Scham, schwingt das Messer um seinen Kopf, drückt die Schneide in der Faust so stark, dass über seinen Unterarm Blut fließt, und schreit: »Ich schwöre bei Gott, dass ich sie dieses Mal töten werde.« Dann rennt er in den Flur, geht ins Zimmer, schließt hinter sich die Tür ab und schaltet das Licht aus.

Fachimeh sitzt immer noch auf der Treppe, ohne Angst, als wäre nichts geschehen. Der Vater lehnt seinen Kopf an die Wand. Niemand kann wissen, was in ihm vorgeht. Die Mutter weiß, dass sie sich von ihm entfernen muss. Das tut sie auch. Auch Fesseh muss aus seinem Blickfeld verschwinden. Nilufar lehnt sich an die Wand und weint. Niemand darf in Senemars Nähe sein, damit er seine letzte Kraft sammeln, seinen Hut zurechtrücken, seinen Stock nehmen und mühsam die Treppen hinaufgehen kann. Aber nicht gleich. Er bleibt sitzen, so lange, bis die ganze Welt in die Dunkelheit versinkt. Dann erhebt er sich, steigt langsam die Treppe hoch und erreicht schließlich sein Zimmer. Er legt seinen Anzug ab, hängt ihn an den Kleiderhaken, auch den Hut und die Krawatte, schließt die Tür, setzt sich an den Bettrand und blickt durch einen kleinen Spalt im Vorhang ins Freie. Von da an kommt er nicht mehr nach unten, oder genauer gesagt, niemand sieht ihn aus und ein gehen.

Gelegentlich steckt Nilufar den Kopf durch die Tür, aber sie sieht ihren Vater nicht. Nur Anzug, Hut und Krawatte hängen genauso sorgfältig wie zuvor am

Kleiderhaken, und der Spalt am Vorhang ist genauso groß wie vorher. Eine Stimme dringt in ihr Ohr, die Stimme einer Frau: »Hau ab, verlass dieses Haus, rechne nicht mit einem Wunder! Zum Teufel mit Gheiss, zum Teufel mit der Liebe!«

Nein, so war es nicht. Die Wahrheit ist, dass in jenem unerträglichen Schweigen irgendwann das Leben sich wie ein Wurm zu bewegen begann, weich und geräuschlos. Vielleicht konnten die noch unregelmäßigen Atemzüge des jungen Mannes, der bäuchlings auf dem Bett lag und das Gesicht in der Armbeuge versteckt hatte, vernommen werden, ein Geräusch wie das Kriechen eines großen, männlichen Wurms, der über einen Getreidehaufen mit trockenen Blättern läuft. Man konnte vielleicht auch sehen, dass die Schultern des Mannes gelegentlich zuckten, aus der Spitze seines Mittelfingers Blut auf den Teppich tropfte und dass er leise weinte. Er wollte aber nicht, dass man ihn weinen hörte, und wenn, dann sollte es nur die Mutter sein. So war es die Mutter, die ab und zu nach dem Jungen sah, der auf dem Bett lag, und die versuchte, in der absoluten Stille die herumliegenden Gegenstände aus Fachimehs Tasche aufzuräumen: einen einzelnen Strumpf, eine Hüftbinde aus Leinen, ein Paar Schuhe mit hohen Absätzen, ein seidenes Unterhemd, das beim Wegschleudern aus der Plastiktüte gefallen war, und allerlei andere Utensilien. Einzelne Bonbons in verschiedenen Farben aus einer Tüte, die an die Wand geworfen wurden, lagen verstreut herum, zwei Packungen ausländischer Schokolade, die man nicht zu kauen brauchte und angeblich gegen Blutarmut half, ein paar Kuchenstücke, die aufgehoben werden mussten, bevor der Staubsauger darüberging. Auch Gegenstände aus Fachimehs Handtasche lagen zwischen den beiden Zimmern: ein Kajalstift, ein runder kleiner Spiegel, eine Puderdose, Lippenstift, Nagellack, Beruhigungstabletten, zwei goldene Manschettenknöpfe, ein Kamm und eine Haarbürste, eine kleine Dose mit Faden und Nadel, eine kleine Schere, Nagelfeile und Pinzette. Grüne Tausend-Tuman-Scheine waren aus der Tasche geworfen worden, durch die Luft geflattert und lagen nun auf dem Teppich. Ein Bündel von etwa zehn Scheinen war auf den Samowar gefallen, der zum Glück nicht in Betrieb war. Sorgfältig räumte die Mutter alles auf. Sie hob jeden grünen Geldschein einzeln auf, suchte in beiden Zimmern nach weiteren Scheinen, schaute hinter dem Spiegel, unter dem Schrank und fand noch einige lila und rosa Scheine. Sie zählte noch einmal alles zusammen und wollte die Scheine in Fachimehs Portemonnaie legen. Dort fand sie ein hübsches, lustiges Foto von Fachimeh und ein Foto von sich, auf dem sie den Zipfel ihres Schleiers zwischen den Zähnen hielt. Dieses Foto fanden alle Kinder besonders gelungen. Den verborgenen Grund für die Gegenüberstellung der Fotos von Tochter und Mutter kannte wohl Fachimeh allein, vielleicht hegte sie damit die Absicht, ihre eigene Jugend und Frische gegenüber einer alten, unglücklichen Frau, die sie vor dreißig Jahren geboren hatte, besonders hervorzuheben.

Der neugierige Blick der Mutter auf den Fotos deutete nicht auf Gleichgültigkeit. Vielleicht wollte Fachimeh mit der Gegenüberstellung sagen: »Ich will nicht so werden wie du, Mutter, ich möchte nicht einen Mann erdulden, der jahrelang seiner Frau nichts mehr mitzuteilen hat und kein Wort mit ihr wechselt. Ich möchte nicht mit dreiundfünfzig so aussehen wie du, mit einer Schar von Kindern um mich herum.« Die Botschaft der Fotos war eindeutig. Fachimehs Mimik, insbesondere ihre Lippen, sangen hörbar: Genuss, Spaß und Vergnügen … Und ihre schönen, wachen Augen verlangten nach Reichtum, Reichtum, Reichtum.

Die Mutter sammelte auch das frische Obst, das unter den Füßen und Leibern zerquetscht worden war, stellte es in eine Ecke, um es später zu waschen. Aber sie wusste nicht, was sie mit den Geldscheinen machen sollte. Soll sie sie in Fachimehs Portemonnaie stecken? Fachimeh würde wohl am besten wissen, was man damit tun sollte. Aber jetzt …! Sie nahm zehn Geldscheine, hob auch das Messer mit der blutigen Schneide neben dem Bett auf und steckte alles in Ardis Jackentasche, die von seinem Kopfkissen herunterhing. Dann öffnete sie die Tür. Sie übersah die Töchter, die auf der untersten Treppe saßen. Sie dachte, Fesseh und Nilufar hätten ihre Schwester unter die Arme gefasst und sie in ihr Zimmer gebracht. Deshalb wollte sie auf den Hof gehen, den Besen holen und so leise wie möglich den Teppich kehren. Doch vorher musste sie die Geldscheine an einem sicheren Platz verstecken. Sie lief zum Schrank.

Die Töchter waren tatsächlich nicht mehr da. Nicht dass sie in ihr Zimmer gegangen wären. Fesseh und Nilufar hatten versucht, ihre Schwester ins Bad zu bringen. Ihr Kleid war zerrissen, ein Fuß nackt, ohne Schuh. Wie ein Gespenst, wie ein Eisklotz saß sie in der Ecke auf einem Metallhocker. Ihre Haare, dunkel wie der schwarze Stein, waren zerzaust. Sie konnte kaum gehen, taumelte, musste sich auf die Schwestern stützen. Vor der Tür zum Bad bekam sie einen Schrecken, wollte den Raum nicht betreten. »Ich will nicht, ich will nicht, mir ist alles zuwider, ich ertrage das nicht …«, rief sie. Sie bedeckte ihr Gesicht mit den Händen und legte sich vor der Tür zum Bad flach auf den Boden und begann zu heulen. »Ich hasse das alles … Alles und jeden … Käme doch ein Erdbeben, das alles in Schutt und Asche legt … Schade, dass im Krieg keine Rakete dieses verfluchte Haus getroffen hat …«

Schließlich hebt sie den Kopf, wischt ihr mit Schminke und Tränen verschmiertes Gesicht ab, zieht die Nase hoch und erblickt ihre Mutter, die still und mit einem Besen in der Hand ihr gegenübersteht. Man sieht schon, dass sie nichts zu sagen hat, und wenn, dann ist es derselbe Satz, den ihre Töchter von Kindesbeinen an bis zum Erwachsenenalter bei jeder denkbaren Gelegenheit zu hören bekamen: »Seid leise, die Nachbarn sind neugierig!« Ihre eigene Stimme war schon seit über zwanzig Jahren kaum zu hören.

Jetzt stand sie mit dem Besen in der Hand da, wie ein toter Körper, und hatte sicherlich nichts anderes im

Sinn als ebendiesen Satz. Auch Fesseh, die Arm in Arm neben ihrer Schwester saß, kannte diesen Satz zu gut, denn sie war das älteste Kind und damit mehr als die Geschwister dem Rat oder dem Befehl ausgesetzt. Die Mutter verließ mit dem Besen die Töchter erst dann, als die erbsenkleinen Augen von Fesseh ihr die Einhaltung des Befehls zugesichert hatten. Auch Nilufar, die wie eine alte Frau, das Kinn auf die Hand gestützt, schweigend und vor sich hin starrend neben dem Wasserbecken saß, wusste, dass sie Fachimehs Kopf und Gesicht in ihre Arme schließen und den Oberarm auf ihren Mund legen musste, um sie zum Schweigen zu bringen. Das Blut auf Fachimehs Gesicht und Schultern war noch nicht trocken. Jederzeit konnte sie plötzlich die Nerven verlieren und Nilufar so stark in den Arm beißen, dass der Bluterguss noch Wochen danach sichtbar bleiben würde. Trotzdem musste Nilufar verhindern, dass Fachimehs hysterische Klagerufe die Nachbarn auf die Terrassen lockten, um herauszufinden, was sich im Nebenhaus abspielte.

Jetzt musste alles versucht werden, um Fachimeh ins Bad zu bringen. Die Arbeit, morgen ist ein Arbeitstag. Nilufar fasste Fachimeh am Handgelenk und sagte: »Morgen ist ein Arbeitstag, du musst doch um acht Uhr bei der Arbeit sein!« Die Schwestern halfen ihr hoch.

»Bringt mich hin, aber ich werde die Augen schließen, damit ich nichts sehe, ich hasse diesen Raum …«, sagte sie. Die Schwestern führten sie hinein, setzten sie auf einen Sockel. Fesseh zog ihr das zerrissene Kleid aus, auch den Leinenschuh und die Strümpfe. Einen Augenblick lang starrte sie voller Neid auf den Nagellack ihrer Zehen, dessen Namen man vor ihr geheim gehalten hatte. Als Nilufar mit einem Badetuch, der hellroten Bluse und Hose das Bad betrat, zuckte Fachimeh und öffnete kurz die Augen. Fesseh hob ein wenig Fachimehs Fuß und zeigte Nilufar den lila glänzenden Lack mit einem Blick, als wollte sie fragen: Hast du diesen Lack schon gesehen?

Nein, Nilufar war daran nicht interessiert. Sie hängte das Badetuch, Hose und Bluse an einen Haken, rückte mit dem Fuß die Waschschüssel zur Seite, in der Ardis Unterwäsche in Seifenwasser lag, und sagte mit Hass in der Stimme: »Die Wäsche soll ihm seine liebe Mutter waschen.« Und fügte unmittelbar danach hinzu: »Zum Teufel mit allem, was in diesem Haus ist.« Sie ging aus dem Bad hinaus zu dem Hocker an der Wand, auf dem ihr Vater gesessen hatte. Sie wollte im Hof das Licht einschalten. Aber bevor sie den Lichtschalter erreicht hatte, stockte sie. Irgendein unerklärliches Gefühl hinderte sie daran. Vielleicht war ihr Dunkelheit jetzt willkommen. Vielleicht wollte sie nicht, dass man sich gegenseitig ins Gesicht schaute. Sie dachte, wie schön es wäre, wenn der Samowar in Betrieb wäre und sie ihrem Vater ein Glas Tee bringen könnte. Sie würde ihn anlächeln und sagen: »Lieber Vater, ich habe Ihnen Tee gebracht.« Aber der Samowar war nicht in Betrieb, und Senemar trank nach neun Uhr abends ohnehin keinen Tee mehr. Also wollte sie ohne Vorwand zu ihm gehen, ihren Kopf auf seine Knie legen, ein wenig weinen, um seinen Zorn aufzuweichen. Dann würde sie ihn um Erlaubnis bitten, ihm beim Aufstehen von dem Hocker und beim Treppensteigen behilflich sein zu dürfen. Sie wurde doch von ihren Geschwistern gehänselt, Vaters Lieblingskind zu sein. Das war sie auch. Und sie war die Einzige, die bei Streitigkeiten zu vermitteln und das Herz des Vaters aufzuweichen in der Lage war. Sie konnte, wenn es nötig war, sich wie eine zierliche weiße Katze verhalten.

Auch jetzt lief sie weich und schmiegsam barfuß die Wand entlang und wollte wie eine sanfte Welle, getragen von einer Brise, sich zu ihrem Vater begeben und ihm zuflüstern: »Mein lieber Vater, ich bin so stolz auf dich. Lass mich diese großen, würdigen, fleißigen Hände küssen. Lass mich in dieser nächtlichen Dunkelheit, in der mich niemand sehen kann, dir sagen, dass ich immer und überall auf dich stolz war und sein werde. Alle wissen, dass du, mein würdiger Vater, aus Liebe zu den Arbeitern und aus Mitgefühl mit den Armen und Habenichtsen die Qualen der Haft und Folter mit erhobenem Haupt erduldet hast. Wenn du und andere sich nicht mutig und selbstlos für diese Menschen eingesetzt hätten, wären die Arbeitsgesetze und das Verbot von Kinderarbeit nie vom Parlament verabschiedet worden. Krankenversicherung und Renten für Werktätige wären ohne euren Einsatz undenkbar …«

Aber der Vater war nicht da. Er war da und war nicht da! Genauso wie die Worte von Nilufar, die ihr über die Lippen gekommen waren – oder etwa nicht? Hatte sie die Worte laut an ihren Vater gerichtet oder nur geglaubt, ihm die Lobeshymne wie ein Lied vorgetragen zu haben? Schöne und wohltuende Worte, die der opferbereite Mann gerne wenigstens einmal in seinem Leben von seiner Familie gehört hätte. Sie alle kannten und schätzten seine Taten, doch keiner hatte sich dazu überwinden können, ihm ein Wort darüber zu sagen. Auch jetzt waren diese Worte nur in Nilufars Gedächtnis Spalier gestanden. Sie aber glaubte, sie ausgesprochen zu haben, oder sie zumindest sogleich auszusprechen.

Aber der Vater war nicht da. Er war da und doch nicht da! Sein Hut war da, so wie er nach der Ohrfeige auf die Augenbrauen heruntergerutscht war. Aber der Kopf fehlte. Der Kragen seines Hemds und die Krawatte waren da, nicht aber der Hals. Das gebügelte Jackett mit Ärmeln und Kragen war da, aber Arme und Schultern fehlten. Die zugeknöpfte Weste, Ledergürtel und die neu gebügelte Hose waren da, nicht aber der Bauch, das Gesäß, die Schenkel und Knie. Die glänzend geputzten Schuhe waren da, aber keine Füße oder Waden. Selbst sein Stock war, genauso wie er ihn waagerecht getragen hatte, neben seinen weißen Manschetten und dunklen Ärmel seines Jacketts zu sehen, aber … Wo aber konnte er sein, wenn er nicht in seinem Anzug steckte?

»Vater?«

Ein giftiges Lächeln erscheint mit diesem Namen und verschwindet in der Atmosphäre. Die Tür zum Bad wird geöffnet. Die Töchter kommen heraus. Fachimeh zittert, eingewickelt in ihrem rosaroten Badetuch.

Sie verschwindet wie ein verängstigtes Gespenst in den dunklen Flur. Sie schreitet wie eine Blinde. Fesseh, die ihre Hand festhält und den Arm um ihre Schultern gelegt hat, führt sie vorsichtig in ihr Zimmer.

Aber Nilufar … Aufgeregt rennt sie die Treppe hoch, öffnet Senemars Tür, schaltet das Licht ein und blickt im Zimmer herum, schaut sogar unter dem Holzbett. Aber niemand ist da. Sie geht zur Terrasse. Auch dort ist niemand zu sehen. Sie setzt sich an den Bettrand, erhebt sich wieder wie aufgeschreckt. Sie will etwas tun, aber was? Auf der Treppe bleibt sie stehen. Sie hört das Geräusch des Gehstocks, tick …tick … tick … Stock, Hut, Jackett, Weste, Hemd, Hose, Strümpfe und Schuhe kommen die Treppe herauf. Im Zimmer werden die Kleidungsstücke an den Haken gehängt, die Schuhe werden darunter auf den Boden gestellt, in jeden Schuh wird ein Strumpf gesteckt, aber niemand setzt sich an den Rand des Holzbetts.

Nilufar begibt sich nach unten, in den ersten Stock. Fachimeh hat Schüttelfrost, und Fesseh legt noch eine Decke auf sie. Fachimehs Zähne schlagen unentwegt aufeinander, Satzbrocken fallen aus ihrem Mund. Sie habe für Ardi goldene Manschettenknöpfe gekauft, habe heute ihr seit sechs Monaten fälliges Gehalt bekommen.

Nilufar geht die Treppe hinunter, streckt den Kopf ins Zimmer. Ardi hat sich erhoben, seine Beine hängen vom Bett herunter, sein Kopf neigt sich zu seiner Brust. Seine Handfläche und Finger haben zu bluten aufgehört, er verlangt von der Mutter Obstsaft. »Sonst bring mir ein Glas Milch, Mutter.«

Nilufar wendet sich ab. Im Flur spuckt sie an die Wand, geht auf den Hof und stellt sich dem Mann gegenüber, der wie erfroren in der Ecke hockt. Sie springt zum Lichtschalter, schaltet das Licht ein, und bevor man sich an den grellen Schein gewöhnen kann, vernimmt sie einen Schrei: »Ausmachen! Mach das scheiß Licht aus!«

Sie macht das Licht aus und bleibt im Dunkel, hofft, dass etwas geschieht, etwas wie ein Erdbeben. Aber es geschieht nichts. Sie setzt sich auf die unterste Treppe, es ist still, nichts rührt sich. Sie sieht einen Stock, einen Hut und ein Paar Schuhe, wie auf einem Bild, gemalt von einem namenlosen, aber geschickten Künstler. Es ist nicht zu erwarten, dass jemand zu dieser späten Stunde an die Tür klopft, denkt sie. Zigarette … Eine Zigarette aus Fessehs Geheimtasche im zerknitterten Mantel, nur eine Zigarette …

Sprich … Sprich… Rede mit mir! Bitte erzähl mir etwas! Schweig nicht so, sag etwas! Ich fürchte dein Schweigen, mein Herz klopft, ich habe Angst, rede, bitte sag etwas!«

Du kamst, setztest dich, schautest mich an und verlangtest, dass ich ein heiteres Gesicht mache und dir etwas erzähle. Doch ich musste zunächst mit den rauen Fingern eines Mannes, der mit seinen Händen immer besonders sorgfältig gearbeitet hatte, die Tränen von den Wangen abwischen und dann dir ein Papiertaschentuch geben und sagen: »Bitte hör auf!« Ich küsste deine Stirn, bis du dich beruhigtest, und brachte ein Glas kaltes Wasser oder eine Tasse Tee, bei dem das Aroma und der Geschmack keine Rolle spielten. Alles, was uns umgab, war abstrakt, nur wir selbst nicht. Wir waren die Verkörperung jener fließenden Wahrheit, sichtbar nur für Augen, die aus der Tiefe menschlicher Empfindung die Welt sehen. Ich deutete kurz an, dass ich Bescheid wusste und manches begriff, ohne es noch gehört zu haben. »Beruhige dich!«

»Lies mir ein Liebesgedicht vor! Ich sehne mich nach deiner Stimme. Wie lange schon habe ich dich nicht gesehen. Mehr als achtundvierzig Stunden! Komm, ein Gedicht!«

»Aber die Tränen in meinen Augen, diese verkrusteten Tränen lassen es nicht zu.«

Diese Tränen verdecken wie Wolken meine Pupillen. Ich bin zu einer Wolke geworden, wie die trockenen Wolken am Wüstenhimmel, verdorrt, finster, unnütz. Ich stehe reglos über mir, starr am Himmel. Ich kann meinen Blick nicht erkennen. Ich stehe auf, setze mich, es macht keinen Unterschied. Ob ich gehe oder stehe, auf der Straße oder auf dem Gehweg, ich weiß es nicht. Ich will mich erinnern, aber woran? Ist niemand da? Doch, jemand muss da sein. Ich spüre den Stock in meiner Hand, denselben, der meinen Vater bis zum Lebensende begleitete. Er hat ihn auf der letzten Reise in seine Geburtsstadt im Omnibus liegen gelassen. Aber wieso taucht der Stock hier auf? Ich erkenne ihn am abgenutzten Griff und dem die Geräusche dämpfenden Gummifuß. Ich selbst habe ihn für meinen Vater gekauft. Auch den Hut habe ich ihm geschenkt. Es sind die letzten Erinnerungsstücke an meinen Vater, die nun zu mir gelangt sind. Immer wenn ich Erinnerungen heraufbeschwöre, gute und schlechte, und damit nicht weiterkomme, verliere ich mich unwillkürlich in Gedanken an ihn, den Meister der Erfahrung. Ich löse mich in ihm auf, oder er entsteht in mir, ich weiß es nicht. Die Menschen um uns ahnen nicht, dass der alte Mann und ich uns niemals alleine lassen.

»Und deine Mutter, was ist mit deiner Mutter?«

»Meine Mutter? Ihr Leid macht mich schuldig, denn ich konnte ihre Klagen nicht ertragen, während all den sechzig Jahren und besonders in den letzten fünf Jahren, die sie zwischen Wahn und Sehnsucht verbrachte. Keinen Augenblick war sie mit ihrem Leben im Reinen. Ich fühle mich schuldig, weil sie einsam und ohne Schutz im Altersheim starb.«

Meine Augen haben sich in zwei Wolkenfetzen verwandelt im unendlichen Himmel der Wüste, aus der ich stamme. Er hat sich beschwert, dass ich nie seine Ruhestätte besuchen würde. Das wusste er, bevor er starb. Doch dann machte ich mich eines Nachts auf den Weg. Saß die ganze Nacht lang, so lang wie ein ganzes Buch, an seinem Grab. Auch er war aus seinem Grab herausgekommen, war zum Grab seines Sohns gegangen, der in jungen Jahren gestorben war. Er kam auf mich zu in seinem staubigen Totenhemd, einen Koran in der Hand. Seine Lippen bewegten sich im Gebet. So hatte ich ihn oft erlebt, wie er auf dem Gebetsteppich kniete, den ich ihm auf dem Basar in Maschad, in unmittelbarer Nähe der Moschee, gekauft hatte. Das rede ich mir ein, ich hätte ihm den Gebetsteppich gekauft … Aber er … Ich bin sicher, er hoffte, ich würde in Erinnerung an ihn weinen. Das hoffe ich jetzt auch. Doch ich kann nicht. Der Fluss meiner Tränen ist ausgetrocknet. Ich habe keine Tränen mehr. Ist das Kind in mir gestorben? Bin ich taub und gefühllos geworden? Ich weiß es nicht.

Ich bin zu keiner Bindung mehr fähig, an nichts und an niemanden. Ich muss zu der Mauer gehen, dahin, wo die blauen Mülltonnen stehen, und den ganzen Kaffee, den ich beim Italiener getrunken habe, auskotzen. Ich verstecke mich hinter einer Mülltonne, damit den Passanten nichts anderes auffällt als der Koffer, der Regenmantel und der lästige Schal. Ich atme tief durch und entferne mich mit dem Gehstock in der Hand von den Mülltonnen. Ich stelle fest, dass ich immer noch auf der Straße bin, die zum Haus meines Freundes führt. Ich habe mich also im Kreis gedreht und in mir, mit mir, mit anderen in mir gesprochen.

Oh, ihr tausendjährigen Gedichte, warum fragt ihr nicht nach mir? Warum schweigt ihr wie die gefrorenen Pflastersteine dieses Gehwegs? Warum erscheint mir keiner von euch, warum schlägt keiner von euch wie ein Blitz in die Mauer dieses Gebäudes ein, das meinen Blick versperrt? Warum erscheint nicht ein Liebesgedicht oder wenigstens ein Vers, eingraviert in der Mauer, damit ich es lesen kann? Aber … meine Erinnerungen an die Geschichte sind verblichen. All die Ghazale, Elegien, Vierzeiler, Koranverse und die Gathas haben sich von mir entfernt. Ich bin ein Fremder in meiner Sprache. Die Worte klingen hohl und verwirren mich.

Der Gedanke an jene Frau … Als sie mich verließ, blieb eine tiefe, dunkle, kalte Grube zurück, »Leere« nennt man das üblicherweise. Welch ein Kontrast: ein Sonnenstrahl wie eine Kristallsäule – und das quälende Echo aus den Tiefen dieser schwarzen, furchterregenden Grube.

Ich blickte vom Balkon auf die Gasse
und weinte anstelle aller Entrechteten der Erde
Ach … ich bin verloren.

»Wie kommt es, dass du in diesen Tagen immer wieder dieses Gedicht von Ahmed Schamlu zitierst?«

»Seit du mir aus dem Büchlein von Rumi vorgelesen hast. Es fängt so an: ›Das Wort Eschgh, Liebe, stammt von Aschagheh, das ist eine Pflanze, die im Garten unter den Bäumen wächst.‹ Dann heißt es weiter: ›Die Liebe hat keinen Schöpfer. Das bedeutet, dass die Liebe selbst Schöpfer ist und daher keinen Schöpfer braucht.‹«

»Du selbst hast mir doch den Band gebracht und mich aufgefordert, daraus vorzulesen.«

»Vielleicht, vielleicht war es so. Aber vielleicht wolltest du auch, dass ich mich wie im Paradiesgarten fühle.«

»Meinst du das ironisch?«

»Noch schlimmer. Du hast mich in Brennholz der Hölle verwandelt, deiner Hölle und der Hölle der anderen.«

»Was soll ich jetzt tun?«

»Sterben sollst du. Im meinem Geist habe ich dich schon oft getötet. Du weißt, was für ein Tscherkesse ich bin, in Liebe wie in Hass! Über die große Liebe hinaus, die du mir geschenkt hast, hast du mich in einen Mörder im Geiste verwandelt. Es vergeht kein Tag und keine Nacht, ohne dass ich darüber grüble, wie ich dich töten könnte. Ich habe schon verschiedene Mordinstrumente gesucht und bestellt. Begreifst du jetzt? Du hast aus einem Menschen, der zuvor nicht einmal eine Ameise töten konnte, einen Verbrecher gemacht! Als Kind habe ich einmal mit einer Schleuder auf einen Vogel gezielt, mein Leben lang habe ich unter diesem Verbrechen gelitten. Aber du … Wie ein Geschenk des Himmels kamst du mir vor, wie konntest du in all den Jahren dein wahres Wesen in dir verbergen, zehn-, elftausend Jahre lang?«

»Du hast keine Ahnung, du begreifst nichts!«

»Wieso begriff ich damals nicht, dass ich in dir Angst hervorrief statt Zuneigung? Wie konnte ich vergessen, dass du eine Frau des Ostens bist, eine Frau, die aus den Tiefen von Tausendundeiner Nacht aufgetaucht ist? Ich nannte dich die Dame aus Buchara, meine Dame aus Buchara. Du wurdest mit jedem Blick und jeder Zärtlichkeit von mir neu geboren. Ich hatte keine Ahnung, dass ich meine eigene Schöpfung liebte und nicht dich, die aus Millionen zerstörerischer Zellen besteht.«

»Meinst du wirklich mich?«

»Sind meine Worte nicht klar genug?«

»Ich hasse dich! Ihr … Ich hasse euch, ich hasse euch alle. Wäre ich doch nie geboren worden!«

Das ist eine Kurzfassung des Dialogs, der im elften unserer gemeinsamen Jahrtausende ausgetauscht wurde. Gehört dieses elfte Jahrtausend nicht zu der dreitausendjährigen mythologischen Epoche, die vom Sieg der Niedertracht und Finsternis über Licht, Bildung und Moral erzählt? Doch jetzt spüre ich nichts als Ekel. Ich fühle mich zerstückelt. Alle Risse der Welt gehen durch mich hindurch. Aus tausend Ecken wird an mir gezerrt.

Wie mag es ihr jetzt ergehen, wo mag sie sein?

Mal ist mir kalt, mal ist mir warm unter den stillstehenden grauen Wolken. Ich weiß nicht, warum mein Freund, den ich aus Spaß »Onkel Jusef fünf fünf fünf« nannte, nicht auftaucht. Doch in meinem Gedächtnis erscheint er, mit seinem herzerwärmenden Lächeln. Und er sagt, was er oft sagt: »So ist es eben hierzulande!«

Einmal erzählte er: »Ich habe nicht immer in dieser kleinen Wohnung von dreiundzwanzig Quadratmetern gewohnt. Ich hatte sozusagen geheiratet und ein Geschäft gemietet für Elektrogeräte und Computer, dazu eine Wohnung mit drei Zimmern. Ein Zimmer für sie, eines für mich und eines, wo ich die Geräte reparierte. Auch sie nähte in ihrer Freizeit. Eines Tages wollte sie eine Reise machen, alleine nach Spanien. Als sie zurückkam, wurde sie ein paar Mal angerufen. Dann sagte sie, sie wolle für zwei Wochen zu ihrem Freund fahren, kam aber, bevor die zwei Wochen zu Ende waren, zurück. Am Morgen in der Frühe kam sie an mein Bett, kniete am Ende des Bettes und nahm meine Füße in ihre Hände. Ich wachte auf, öffnete die Augen und schaute sie an. Auch sie blickte in meine Augen. Dann küsste sie meine Zehen und sagte: Verzeih mir, ich gehe für immer fort. Sie ging. Ich verkaufte das Geschäft, wartete eine Zeit lang, dass sie ihre Sachen abholte. Aber sie kam nicht. Ich war mit ihrem Bruder befreundet und hatte Umgang mit ihrer Familie. Ich bat ihre Mutter, die Sachen abzuholen, denn die Miete für die Wohnung war zu hoch für mich. Ich musste eine kleinere Wohnung nehmen, eine Wohnung für eine Einzelperson.«

Ich fragte ihn nicht, was danach geschah, fragte auch nicht, wie sie hieß und warum er den Namen einer Frau, mit der er eine Zeit lang gelebt hatte, nicht nennen wollte.

Ich spüre die Last auf seinem Herzen. Mein Herz pocht, seine Regungen widerspiegeln sich in meinen Gesichtszügen. Das unterscheidet mich von anderen Menschen. Herz … Seele … Diese Worte hatten einst viel Bedeutung. Unsere alte Kultur wuchs daraus hervor. Heute ist das alles vergessen. Wen interessiert das noch? Stehe ich auf der Grenzlinie von Veränderungen, die ich nicht begreife? Dieser bleierne Gehweg, der sich unter den grauen Wolken hinzieht, ist er ein Zerrbild dieser Grenze? Warum warte und harre ich auf etwas, das ein Nichts geworden ist, während mich die Vergangenheit zu Boden drückt?

Schon wieder in diesem italienischen Lokal, schon wieder Kaffee trinken. »A black one please!«

Er bringt eine kleine Tasse, daneben das Bonbon in gelber Folie. Er kennt mich bereits und stellt keine Fragen. Doch dieses Mal kann er sich nicht zurückhalten. Als er vier verschiedene Sprachen zur Hilfe nimmt, um mir eine Frage zu stellen, merke ich, dass er kein Italiener war. Er stammte aus der Türkei, unserem Nachbarland. Umständlich fragte er mich, ob ich immer noch auf meinen Freund warte. Ich nickte. Als er zur Theke zurückging, murmelte er irgendetwas, wovon ich nur »good man« verstand. Wollte er sagen: Dein Freund ist ein guter Mensch? Ich hätte es gerne gewusst, aber ich bin stumm, und diese Sprachlosigkeit zieht mich weiter in die Tiefe. Inmitten dieser grauen Wolken, bleiernen Straßen, Gehwege und Mauern, die nicht enden wollen. Selbst daheim, in unserer Stadt Gilan und der Provinz Masanderan, konnte ich das Treiben der Wolken und den Dauerregen kaum aushalten.

Aber sie, sie liebte das Meer, das Schwimmen und das Herumtoben im Sand. Das sagte sie mir oft. Doch ich hatte nie die Gelegenheit, mit ihr ans Meer zu fahren. Uns beiden wurde eine solche Reise nicht erlaubt, nicht von der Familie und nicht von der Gesellschaft. Gemeinsam fühlen und getrennt leben! Dennoch hatte sie meinen Namen auf den makellosen Sand des Ufers geschrieben, vor den Augen von Fesseh und der anderen, die das vermutlich nicht leicht hinnahmen. Ich konnte mir ihren großen Zeh und das Lächeln auf ihren Lippen gut vorstellen, als sie mir dies erzählte. Und ich sehe vor mir immer noch dieses leuchtende Bild: die weiße Haut ihrer ebenmäßigen Gestalt im Sonnenlicht. Als sie mir davon erzählte, spürte ich hinter ihren Worten Freude und Glück. Nein, mehr als das. Denn zurückgeliebt zu werden von jemandem, den man liebt, dafür reichen die gängigen Worte nicht aus. Warum die Wahrheit verschweigen? Ich hatte keinen Zweifel, dass in unserer Liebe sogar die Begierde rein war.

»Bevor ich dich treffe, habe ich dir unendlich viel zu erzählen. Aber sobald ich dich sehe, entschwindet mir alles aus dem Sinn.« Manchmal gab ich eine Antwort: »Die Sprache der Liebe ist das Schweigen.« Oder: »Die Liebe handelt, sie bedarf keiner Worte.« Aber ich wusste, dass die Liebe einer Frau mehr die Sprache braucht als das Handeln. Gerade aus diesem Grund bat sie mich auch, ihr Geschichten zu erzählen. Die Geschichte von der Blume und dem Gärtner. Wenn nicht die, dann die von dem Mädchen mit den himmelblauen Augen, die hinter den Mauern der Festung erkennen konnte, wie Feinde in weiter Ferne einen Angriff vorbereiteten. Oder die Fortsetzung der Liebesgeschichte von Laila und Madschnun. »Oder deine Lieblingsgeschichte!« Damit meinte sie die Geschichte von al-Qais, von der ich ihr bereits Teile erzählt hatte. Die Kriege, Aggressionen und Missgeschicke darin hatte ich nur am Rande erwähnt.

»Was wird nun aus seiner Familie, nachdem al-Qais sich so viele Feinde gemacht hat?«

Jetzt wird sich zeigen, welche Sippe hilfsbereit ist und die Gefahren auf sich nimmt! Welche Sippe wird es wagen?

»Nein, nicht die von al-Qais!«

»Nein, die Sippe von al-Qais wagt es nicht, ich bin beschämt.«

Welche Sippe dann?

»Auch die Sippe der Banikendi nicht. Sie sind zu so einem Dienst nicht fähig. Zwei ihrer Söhne und ein Cousin dienen am Hof von Kasra.«

Der Mann, der in der grauen Asche des Abends verschwand, müsste es wissen. Er hatte in seinen Notizen auf Altpapier Gedichte von al-Qais zitiert, immer und immer wieder. Vielleicht hatte er irgendwo in den ungeordneten Blättern Bemerkungen dazu gemacht.

Der Sitz des Stuhls ist hart, die Farbe der Tischplatte trüb, in dem Café herrscht Stille. Der abgemagerte Türke läuft wie ein Schatten hin und her. Ich nippe an der Kaffeetasse, nehme das Notizbuch aus der Tasche meines Regenmantels und betrachte die hingekritzelten Zeilen und Sätze, die in einer kreis- oder ovalförmigen Linie eingezwängt sind. Ich hoffe, eine Bemerkung über Gheiss zu finden, dort, wo er Hafis, Chajjam, Nietzsche zitiert oder Verse von al-Mutanabbi, Abu Nuwas und eben auch von Amr al-Qais.

Ich blättere weiter und denke unwillkürlich, er kommt nicht mehr. Mein freundlicher und heiterer Gastgeber ist weg. Warum? Ich möchte dem türkischen Kellner zu dem, was er sagte, als er sich von meinem Tisch entfernte, noch einige Fragen stellen. Aber ich vermag meinen Mund nicht zu öffnen, als seien meine Lippen zusammengenäht. Ich bringe nicht einmal einen kurzen Satz heraus. Außerdem ist es nicht sicher, dass er mir antworten oder ich seine Antwort verstehen würde. Ich bin stumm geworden, innerlich verstummt. Schweigen, nur schweigen … Ich suche immer noch in den Notizen. Plötzlich stoße ich auf eine Äußerung, jede Zeile wie in drei Stufen untereinandergeschrieben:

Was macht das für einen Unterschied?
Was macht das für einen Unterschied?
Warum, warum, warum?

Meine Schultern und Knie sind steif, meine Füße brennen vor Schmerz und Müdigkeit, und mein Hirn ist verzweifelt über sich selbst, über das Ringen mit sich und allem, was in ihm zäh und unermüdlich umherschwirrt und nicht zur Ruhe kommt. Meine Gedanken können sich an den Gegenständen und Bildern und Menschen nicht mehr festhalten. Alles ist unwirklich geworden. Nur noch ein Gedanke ist in mir: mein Gastgeber, der immer noch nicht kommt, und der alte Mann, der in der Finsternis des Friedhofs hinter den alten, kahlen Kiefern verschwand. Ich denke an diese Stimme, die wie eine Träne klare Stimme, die nicht mehr zu hören ist, außer in dem trügerischen Widerhall vereinzelter Worte, so wenig wie ein paar Tränen. Aber diese Worte führten mich zum Meer, zu verzauberten Flüssen unausgesprochener Gedanken. Sie können nicht gesagt werden, und das ist richtig so. Denn das Schönste an der Sprache ist das Ungesagte. Maha – ich nannte sie auch Mahama, Malmal, Mahtab, Bochara, Nulifar, Natanail oder Zypresse – beherrschte die Kunst der verborgenen Sprache. So oft hat meine scharfe und direkte Sprache eingegriffen, wenn mir das Schweigen lang und lastend wirkte, scharf und schockierend wie der Biss einer Schlange. Woher aber hatte sie diese Freundlichkeit und Geduld gelernt, alles zu ertragen? Umso mehr war ich überrascht und erstaunt, als sie fordernd und aufbrausend wurde und zu schreien begann. Danach, wenn ich völlig zerstört und nur noch ein Schatten war, sagte sie vielleicht: »Warum hast du mich nicht geschlagen?«

Sie schaute mir direkt in die Augen und sagte: »Du hättest mich schlagen, mir eine Ohrfeige geben müssen. Warum hast du es nicht getan? Ich war deine Magd. Das hatte ich dir hundert Mal gesagt. Du konntest mich mit der Peitsche zurechtweisen und das, was ich tun wollte, verhindern. Warum hast du zugelassen, dass ich ins Verderben lief? Ich bin verloren.«

»Ich, ich, immer nur ich, das eigene Ego. Du siehst nur dich. Ich hätte verhindern sollen, dass du ins Verderben läufst! Und all meine schlaflosen Nächte, die Haare, die grau wurden, die Falten um die Augen und auf der Stirn, die immer tiefer wurden, und mein Blick – meine Verzweiflung, meine Wünsche und meine verletzte Würde sind dir wohl gar nicht aufgefallen!«

»Die Leuten fingen allmählich an, auch dich zu beleidigen.«

»Alle?«

»Mehr oder weniger alle.«

»So sind die Menschen. Ich erinnere mich an Zeiten, da suchten sie mich sogar, weil sie mich brauchten.«

»Das war eine Notlage. Damals geriet jemand in Not. Sie suchten dringend einen Facharzt.«

»Mit diesen Leuten zu rechnen, empfand ich damals als beleidigend für dich und auch für mich. War ich naiv? Was meinst du?«

»Nichts!«

»Ist das eine Antwort?«

»Ich war gekommen, um mit dir zu reden. Aber …«

»Aber du redest nicht. Du hast das entscheidende Wort nie klar ausgesprochen. Die Angst verklemmt dir die Zunge. Dabei kennst du mich sehr gut und weißt besser als ich, dass ich jede Wahrheit ertragen kann.«

»Das sagst du ständig.«

»Vielleicht begnügst du dich mit dem, was ich schon weiß.«

»Was weißt du denn?«

»Nichts, nichts. Zumindest hast du verstanden, dass es nicht meine Einbildung war. Es sei denn, du hast mir jetzt etwas Neues zu erzählen. Aber du warst nie offen, und ich habe dich auch nicht zu einer Aussprache gedrängt. Meine einzige Sorge war, dass du keinen Schaden nimmst. Nicht einmal einen seelischen Schaden, weil du mit mir über eine Katastrophe reden musst.«

»Was meinst du damit?«

»Nichts. Ich meine nichts Bestimmtes. Aber ich rede über etwas, von dem ich weiß, dass es wie ein Kloß in deinem Hals steckt und du es nur bei mir loswerden kannst. Das wirst du auch tun, ohne von mir oder meiner Neugierde dazu gedrängt zu werden. Habe ich recht?«

»Mmh …«

»Ihr Tee ist kalt geworden. Soll ich einen neuen bringen?«

Ich greife den zarten Griff der Tasse und starre auf

die klein und merkwürdig unterschiedlich geschriebenen Zeilen auf einer Seite des Notizhefts. Der Text hat keinen Anfang und kein Ende, steht allein, ohne Bezug zum Davor und Danach:

Sie schweigt. Ihr Blick wird unbestimmt, wandert in die Ferne. Ich kenne die Fähigkeit des Geistes, der im Nu die Welt umkreisen und sich ein Ereignis unendlich oft vor Augen führen kann. Es ist nur ein kurzer Augenblick, in dem das logische Gleichgewicht zwischen Zeit und Ort mit den angehäuften Erinnerungen im Gedächtnis zusammengerät. Was in diesem Moment in unserem Hirn geschieht, kann durch kein Mittel von außen registriert werden. Ich überlasse sie sich selbst, damit sie in ihrem Gedächtnis die Welt umkreist, in der ihre Erfahrungen aufbewahrt sind.

Sie redet nicht, ihr Blick bleibt reglos und unverwandt. Ihre Konzentration erinnert mich an Erfahrungen, die ich durch die Mystik gewonnen habe. In solchen Momenten nenne ich sie Schirin. Sieh den Mondschein … In seiner milchigen Farbe sieht er nicht aus wie Schnee, vielleicht aber wie die Wellen und Bögen, die entstehen, wenn der Schnee auf den Hügeln und Unebenheiten der Erde liegt und die saubere Luft in der Seele Ruhe und Gelassenheit erzeugt.

Ich schäme mich wegen meiner Armut und weil unter allen Orten und Behausungen der Erde mir nur ein schmutziges, würdeloses Loch zuteilwurde. Wenn ich wie immer bewundernd ihren Körper anschaue, kommen mir die schönsten Kunstwerke banal und ausdruckslos vor. Ich habe ihr schon tausendmal gesagt, dass ich sie anbete, wie unsere

Vorfahren das Wasser anbeteten. Ich habe ihr erzählt, ich hätte in einem Buch gelesen, dass Laila trotz ihrer Abstammung eine weiße Haut hatte. Und Schirin habe eine Haut in der Farbe der Milch junger Schafe. Aber ich habe ihr nicht erzählt, wie Schirins Leben endete. Auch muss ich selbstkritisch gestehen, dass ich ihr nie gesagt habe, sie sei das erhellende Licht, das die schönsten Gemächer beleuchtet. Ich habe ihr oft und zu Recht gehuldigt, so wie man das Licht, das klare Quellwasser anbetet. In solchen Augenblicken wünschten wir beide, die Zeit möge innehalten.

Sie lehnt an der Wand, die Schultern nach vorn gebogen, das Kinn auf die Brust gestützt, die Beine nach vorn gestreckt, als würde sie auf ihre Zehenspitzen starren. Ich sehe, wie ihre Tränen herunterfallen auf ihre Schenkel und über die Beine herabrollen. Es ist das erste Mal, dass ich sie nicht am Weinen hinder oder ihre Tränen mit dem Rücken meiner Finger von ihrer Wange wische. Nein, lass ruhig die Tränen fließen. Sie schaut mich nicht an, denkt laut und was sie sagt, ist nur dies: »Auch an jenem Tag habe ich geweint, genauso wie heute!«

Sie soll wissen, dass ich nicht gebrochen bin und sie so hell und klar sehe wie den Spiegel, den ich stets in meiner Westentasche trage. Ich gab mich ihr hin und blieb aufrecht bis zu der teuflischen, unheilvollen Zahl elf. Sie streckt ihren gesenkten Kopf weiter nach vorn. Ich streiche ihr die Haare aus dem Gesicht und sage mitfühlend: »Der Mensch ist ständig Angriffen ausgesetzt, vor allem ....«, führe aber den Satz nicht weiter. Der Wasserbehälter ist ein alter Krug. Ich hole ihn und stelle ihn neben sie, krieche selbst auf die gegenüberliegende Seite und lehne mich wie sie an die Wand, mit dem Unterschied, dass sich ihr Blick immer noch auf die Zehen richtet, während mein Blick angezogen ist von dem Bild, das ich von ihrer Reinheit und Unschuld in mir trage. Ich weiß, dass sie bald ihren Kopf bewegen und mich anschauen wird, nicht nur um mein Urteil zu erforschen, sondern noch mehr, weil sie neugierig ist und das Bedürfnis hat, mich anzuschauen. Und sie wird feststellen, dass mein Blick bewundernd und erregt ist wie immer. Ich frage sie: »Willst du nicht dein Gesicht mit kaltem Wasser erfrischen?« Nein, deutet sie an … Sie stützt ihren Kopf auf die Knie und ich höre, dass sie von mir eine Geschichte erzählt haben möchte. »Eine schöne Geschichte, damit ich einschlafen kann, erzähl mir eine Geschichte!« Sie mag die Geschichte von der Blume und dem Gärtner.

Ein Garten im Herbst und ein trauriger Gärtner. Nur er allein weiß, was der Herbst angerichtet hat. All die vertrauten Blumen und Pflanzen, die er gepflegt hat, sind verwüstet worden, aber sie leben fort in seinem Gedächtnis. Wenn er mit sich redet, redet er in Wirklichkeit mit anderen, vielleicht mit einer Tulpe oder mit einem Judasbaum. Seine Tage und Nächte verbringt er immer nur mit dem Gedanken, wie er zurechtkommen soll mit seiner Einsamkeit, mit dem Leben ohne Blumen und Pflanzen und mit seinem eigenen Schweigen. Er schreitet mit gesenktem Kopf durch den Garten, ohne den Versuch, den realen Garten von dem, der ihm in Erinnerung geblieben ist, zu trennen. Er hat das Gefühl, dass sein ganzes Leben verloren ist. Sein ganzes Denken ist auf die Vergangenheit gerichtet, auf die versäumten Gelegenheiten, auf die verpassten und verlorenen Chancen. Er sieht sein Leben unter einer grauen Schicht von Asche. Bei dieser düsteren Wanderung erscheint ihm plötzlich eine Blume, eine blaue Blume, die ihn aus einem Riss in der Wand anblickt. Sie lacht ihn an. Ist so ein Wunder möglich? Er reibt sich ungläubig die Augen. Aber das Unmögliche ist jederzeit möglich. Die Blume kommt auf den Gärtner zu, stellt sich vor ihm hin und bittet ihn, sie zu pflegen. »Ich kann dir bei der Züchtung jeder Pflanze oder Blume behilflich sein.« Der Gärtner hört sie. Er glaubt mehr an das, was er hört, als an das, was er sieht. Das beruht auf Erfahrung. Er hat in seinem Leben viel gehört, das Geräusch der Erde, des Wassers, des Windes und das Geräusch des Wachstums der Bäume und Blumen. Daher wundert er sich nicht, wenn er hört: »Leg mich neben dich. Gib acht auf mich, solange ich noch nicht verwelkt bin.« Die Unterhaltung mit Blumen, der Erde und dem Wasser ist für den Pfleger des Gartens im Herbst nichts Ungewöhnliches. Er nimmt die Blume und flüstert ihr beim Gehen zu: »Ich werde dich ganz in meiner Nähe neben meinem Baum anpflanzen. Sei willkommen, meine neu angekommene Liebe. Hier, hier ist mein Baum. Wenn der Frühling kommt, ist er siebenundvierzig Jahre alt. Der Baum trägt meinen Namen. Schlag jetzt Wurzeln in meiner Erde. Ich bringe jetzt eine Gießkanne voll Wasser. Ich werde dich immer selbst begießen. Ich werde dich Ringelblume nennen, als Zeichen für den ewigen Frühling und für das willkommene Glück deines Aufblühens im Herbst – ein Bruch mit der Gewohnheit. Was für eine einmalige Farbe du hast! Hast du genug getrunken? Dann leg dich schlafen. Die Gießkanne steht neben dir, sie wird immer neben dir stehen, und ich bleibe hier. Ich bin dieser Baum, der einzige, der übrig geblieben ist und der sich wundert über dieses Leben. Ich bin ruhig, so wie deine Lider und Wimpern. Manchmal laufe ich wie ein Schatten auf diesem vom Herbst heimgesuchten Grundstück in Erinnerung an die vergangenen Jahre. Dann kehre ich zu diesem Platz zurück, hierher, genau neben dir. Jetzt schlaf, schlaf ganz ruhig.«

Sie fällt in einen tiefen Schlaf, wenn auch nur kurz. Ich lehne mich an die Wand, blättere leise in einem Buch, in dem auf einer mit alten Lettern beschriebenen Seite sich ein Mädchen befindet, so rein wie die Tränen. Sie ist Gefangene des Königs Solaktaf. Ich möchte ihr die Geschichte vorlesen, wenn das kurze Zittern nach dem tiefen Schlaf aufgehört hat. Sie wachte immer verängstigt auf. Ich bin sicher, dass sie die alte Sage erfreuen wird. Ich muss aber aufpassen, dass das Blättern sie nicht weckt, auch dass der Verrat des arabischen Mädchens an ihrem Vater und ihre Tötung durch König Solaktaf sie nicht erschrecken. Der König hatte befohlen, die Haare des Mädchens an den Schwanz eines Pferdes zu binden und es auf einem steinigen Weg schleifen zu lassen.

»Hat er sie wirklich töten lassen?«

»Und du? Dich hat man doch auch nicht mit Honig, Eigelb und Butter ernährt. Dein Vater …«

»Mein Vater bist du; auch meine Mutter und alle, die mit mir verwandt sind.«

»Das heißt, anstatt deinen Vater zu verraten, verrätst du …«

»Ich bitte dich, bitte …«

Sie brachte mich zum Schweigen.

All dies hatte der alte Mann aufgeschrieben. Er hatte nicht geschrieben, ob sie mit ihrer Hand oder mit ihren Lippen seinen Mund verschloss. Vielleicht beides. Das gehörte zu ihrer Kunst, zunächst mit der Hand und danach mit den Lippen. Was für ein einmaliger Genuss!

»Wirst auch du mich töten?«

»Leider bin ich auf diesem Gebiet nicht wie der König Solaktaf, auch auf keinem anderen Gebiet. Es lebe die Herrschaft der ewigen Liebe.«

»Lies mir ein Gedicht von Hafis vor. Er soll sagen, ob mein Wunsch in Erfüllung geht.«

»Ich kann nicht weissagen, sonst hätte ich heute ein paar Mal Kaffeesatz lesen können. Ich habe hier niemanden gesehen, der aus dem Kaffeesatz liest. Vielleicht arbeiten Kaffeesatzleser nur an bestimmten Orten. So wie ich auf einer Straße mehrere Geschäfte für Tätowierungen gesehen habe.«

Ich schiebe die halb volle Kaffeetasse zur Seite, um meine Ellbogen auf den Tisch stützen, mein Kinn zwischen die Hände legen und für einen Moment die Augen schließen zu können. Es ist öde um mich. Ich empfinde diese Leere wie ein physikalisches Problem. Beschäftigt sich die Physik mit diesem Thema? Vielleicht schon. Die Physik beschäftigt sich doch mit Körper und Raum. Dann müsste sie sich auch mit dem, was man Leere nennt, auseinandersetzen. Ich jedenfalls empfinde die Leere um den Körper. Der dürre Mann hinter der Theke scheint zu verschwimmen, wie ein fliegender Stein zwischen zwei Sternen. Als Kind schaute ich jeden Abend in die Sterne. Dass sie vom Himmel nicht herabfielen, wunderte mich nicht. Ich schaute sie nur an und wollte sie zählen. Aber bald merkte ich, dass es ein unmögliches Unterfangen ist. Doch sie anzuschauen war eine schöne Gewohnheit, die mich bis zum mittleren Alter begleitete. Selbst wenn ich in den Städten weilte, schlief ich, wenn es möglich war, auf dem Flachdach, betrachtete so lange den Himmel, bis ich Ruhe fand. Doch nun gibt es weder Himmel noch Flachdach, stattdessen Beruhigungspillen.

Ich erzählte ihr, wie mir der Himmel genommen wurde. Ich hatte gemerkt, dass der Mann in meiner Nachbarschaft jeden Abend aus dem Basar einen Kerl gleichen Schlags mitbringt und sich mit ihm auf das Flachdach legt. Das hat mich angewidert. Ich nahm mein Bettzeug und ging ins Haus. »Verstehst du das?« Wenn das Verderben sich ausbreitet, versucht man sich davon zu entfernen. Man weicht Schritt für Schritt zurück, bis man allmählich bei sich selbst landet, in einem Loch, das man das Innere des Menschen nennt, in einer Dunkelkammer. Ich war gutgläubig, daher bereit zu verzichten. Was hätte ich sonst tun können? Ich wurde von dem Flachdach und dem Himmel vertrieben und ins Zimmer verbannt.

Sie stimmte mir zu und zeigte Mitgefühl. War es aus

listiger Berechnung? In meiner Einsamkeit sollte ich sie als meine andere Hälft betrachten und ihr allmählich meine Qualen mitteilen, damit sie mich kennenlernte und begriff. Es ist doch das natürlichste Bedürfnis des Menschen, sich einem anderen mitzuteilen. Sie wurde zu meinem Spiegel. Nein, ich glaube nicht, dass es anders war. Wie sonst hätte ich uneingeschränkt an sie glauben können.

»Vater Senemar wurde seit jenem Abend nicht mehr gesehen, als würde er nie aus seinem Zimmer herunterkommen oder die Treppen hinaufsteigen. An manchen Tagen ging Asdjan in sein Zimmer, sah ihn aber nicht. Es gab jedoch Zeichen, die darauf hindeuteten, dass er im Zimmer gewesen sein müsste, wie zum Beispiel ein halb leeres, lauwarmes Teeglas oder das Tablett mit Brot und Käse, das ihm jeden Morgen einer von uns leise vor die Tür stellte. Denn jeder, der das Tablett hinbrachte, fürchtete, ihm zu begegnen. Es war Angst, vermischt mit Schamgefühl. Er wollte niemanden sehen, und auch wir gingen ihm aus dem Weg, obwohl seine Schritte nie zu hören waren. Wir alle waren in Sorge, aber keiner ließ es sich anmerken. Eine Wolke hüllte das Haus ein, es schien, als seien die Räume voll von Nebel. Eines Nachmittags, es hatte schon zu dämmern begonnen, kam Ardi nach Hause. Die Mutter hatte gesehen, dass er gerötete Augen hatte, nicht weil er viel getrunken hatte. Er hatte viel geweint. Die Mutter fragte ihn nach dem Grund. Er sagte, er sei auf dem Friedhof gewesen und habe den ganzen Nachmittag an einem Grab gesessen und geweint. Der Vater sei doch noch nicht gestorben, er lebe noch, sagte die Mutter. Aber Ardi begann wieder zu heulen, ging zu der Getränkekammer. Ich sagte zu meiner Mutter: Sag ihm, er solle statt zu weinen in den Parks suchen gehen oder in den Kneipen, in denen der Vater sich gelegentlich aufhielt. Aber Ardi sagte, er könne nicht, Senemar sei nicht mehr da, er sei verschwunden. Ich dachte, ich sollte mir einmal freinehmen und ihn suchen gehen. Aber das klappte nicht. Ich merkte, dass Senemar auch nicht mehr zu Hause badete. Er wollte dieses Bad nicht mehr betreten. Weißt du … ich kenne ihn besser als die anderen. Er war sehr nachtragend. Wenn er jemandem böse war, konnte er nie mehr mit ihm ins Reine kommen. Daher wusste ich, dass er nie mehr so sein könnte wie früher, selbst wenn ich ihn hätte finden können. So hoffte ich nur, dass er lebt, dass er irgendwann in der Nacht nach Hause kommt und bevor wir aufwachen das Haus verlässt. Das wollten wir alle uns gerne einbilden. Aber ich … In jener Nacht konnte ich überhaupt nicht einschlafen. Selbst wenn ich die Lider schloss und zu dösen begann, wurden Fesseh und ich aufgeschreckt durch Fachimeh, die aus einem Albtraum aufwachte, sich verängstigt an die Wand lehnte und ihre Hand auf ihre Wunden am Hals und an den Schultern legte. Wir setzten uns alle auf. Zum Glück schrie sie nicht, denn sie war immer noch halb stumm. Das Letzte, was sie gesagt hatte, nachdem wir sie nach oben brachten, war: ›Haben die Nachbarn etwas gemerkt? Glaubt ihr wirklich, dass sie nichts mitbekommen haben?‹ Nur das. Dann wurde sie stumm, sie starrte vor sich hin, nippte nicht einmal an dem Glas Wasser, das wir ihr gebracht hatten. Gott weiß, was ihr in diesem Zustand durch den Kopf ging. Wir legten sie auf das Bett und legten ihr zwei Kissen unter Kopf und Schultern. Es war, als sei sie ein anderer Mensch geworden. Ich hatte meine Schwester bis dahin nie so gesehen. Sie war kaum wiederzuerkennen. Das letzte Mal, als sie verängstigt aufwachte und die Hand auf ihre Wunden legte, war in der Frühe. Das Morgengebet war längst vorbei. Es dämmerte bereits. Fesseh und ich saßen neben ihr. Sie sagte: ›Mein Geld, wo ist mein Geld, mein rückständiges Gehalt von sechs Monaten!‹ Ich sagte, ich würde nach unten gehen und es holen. Ich wusste, dass Mutter nach dem Gebet den Samowar anmacht und den Tee zubereitet. Dann lehnte sie sich gegen ein Kissen und schlummerte ein. Ich ging nach unten und brachte ein Bündel von Geldscheinen und gab es Fachimeh. Drei Gläser Tee hatte ich auch mitgebracht. Fachimeh trank den Tee und bat mich, sie bei ihrer Arbeitsstelle krankzumelden, und zu sagen, der Arzt habe ihr für einen Tag Bettruhe verordnet, sie würde am nächsten Tag zur Arbeit kommen. Sie wusste, dass sie sich hinlegen und erholen musste. Aber irgendwie schien es ihr nicht angenehm, dass wir neben ihr saßen. Fesseh merkte das, auch ich. Fesseh sagte, auch sie werde zu Hause bleiben. Ich sollte sie bei ihrer Arbeitsstelle entschuldigen. Das war auch früher schon vorgekommen, dass einer von uns die anderen entschuldigte.

Ich war zwar besorgt, aber zog mich trotzdem an und ging pünktlich zur Arbeit. Fesseh blieb zu Hause. Sie erzählte mir später, Fachimeh habe gesagt, sie sei entschlossen, von nun an ganz viel zu arbeiten, Geld zu sparen, um so rasch wie möglich aus diesem Haus ausziehen zu können. Dann hatte sie aus Trotz hinzugefügt, sie werde dann, wenn sie Lust habe, die ganze Nacht ausgehen. ›Ein Haus, das einem keinen Schutz gewährt, kann ruhig auf den Kopf seines Besitzers herabfallen.‹ Ich denke, sie hat recht. Wir Mädchen …. Was rede ich so lange. Aber ich kann nur mit dir reden, mit niemandem sonst, nicht einmal mit meinen Schwestern. Schon gar nicht mit meiner Mutter. Sie mag mich nicht. Aber er, mein Vater, Senemar … verschwunden.«

Er aber ist noch da, wie seine eigene Leiche wartet er auf dem Gehsteig auf seinen Gastgeber, der ihn mitnimmt in ein Zimmer, in dem man sich hinlegen, schnarchen und ewig warten kann auf das Klingeln des Telefons. So geht es ihm seit Jahren. Wenn er morgens aufwacht, richtet er seinen Blick und sein Ohr auf das Telefon. In Wirklichkeit beginnt er zu leben, sobald er das Klingeln des Telefons hört. Er kennt das Geräusch inzwischen so gut, dass er erraten kann, ob »sie« anruft oder jemand anders. In solchen Momenten irrt sich sein Gefühl ganz selten. Das ist nicht Mystik und ist doch Mystik. Jedenfalls entsteht diese Fähigkeit, wenn man sich lange genug auf einen Gedanken und noch mehr auf eine Person konzentriert, genauso wie das Gefühl der selbstlosen Einheit zwischen dem Ich und seinem

Gegenüber, die nur dann entsteht, wenn du in ihr aufgehst und sie in dir. Dieses selbstlose Aufgehen in dem anderen war ein Ereignis, das in dem Moment begonnen hatte, als er ihr Aufblühen wahrnahm. Sein ganzes, rastloses Leben lang hatte er auf sie gewartet wie auf eine frühere Bekannte, die er verloren glaubte. Nun saß sie ihm gegenüber, und er sah mit eigenen Augen, dass sie wie eine Knospe aufblühte, wie ihre Wangen, die zunächst weiß wie Marmor waren, erröteten. Ein Lächeln von Glück und Scham lag auf ihren durstenden Lippen. Sie war noch jung, hatte den achtzehnten Frühling ihres Lebens noch vor sich, hatte aber schon mit dem Wunder ihres Aufblühens den Herbst besiegt und war dabei, den herannahenden Winter zum Glühen zu bringen. Sie trug diese Glut in sich, wie ein Geschoss, das aus unbekannter Richtung herankam, etliche Hindernisse durchbohrte, einige Augenblicke herumirrte und schließlich direkt vor Gheiss landete, dem, gefesselt von ihrer Schönheit und durstend wie sie, nicht einfiel, ihr ein Glas Wasser zu bringen. Vielleicht dachte er schon daran, aber er wollte sich nicht von der Stelle bewegen, um diesen einzigartigen Augenblick, der bis in die Ewigkeit dauern sollte, nicht zu verpassen. Er bereut es nicht, dass er kein Wort von dem, was sie sagte, sich gemerkt und in seiner Erinnerung behalten hat. Worte dienen zu oft dem Verdecken und nicht dem Klären der Wahrheit. Das Verborgene ist es, das das Innere entblößt und in dir und in ihr einen Tumult auslöst …

Schließlich stellte er ihr doch ein Glas Wasser hin.

»Trink und beruhige dich!« Er sagte es ohne Hintergedanken, wusste aber sofort, dass sie mit ihren geistigen Fähigkeiten, die Gheiss sehr bald in ihr erkannte, die Bemerkung mit tausend Deutungen schmücken würde. Sie berührte mit ihren Lippen das Glas und merkte vielleicht nicht, dass Gheiss ihr Trinken, beginnend bei den Lippen über die zarte Welle an ihrem Hals bis zu der leichten Bewegung der Gurgel, wie ein Magier genau verfolgte, während sie ihn über das Glas hinweg anblickte und dabei schalkhaft und verschmitzt versuchte, die Grazie ihrer reifenden Weiblichkeit zu verbergen. Gheiss wusste, dass sie das Glas halb voll auf den Tisch stellen wird, damit er es nimmt und austrinkt. Er trank … Es war geschehen, und nun lag vor den Augen von Gheiss ein vollgeschriebenes Notizbuch … Darin hat der alte Mann mit gebrochenen, aber fast kalligrafischen Lettern notiert:

»Meeresflut. Genau wie die Flut, die allmählich hochsteigt und eine Insel verschluckt, hat sie mich verschluckt.«

Gheiss spürt ein wahnsinniges Verlangen nach Streit und Angriff. Er möchte fluchen. Aber noch … allein jene Stimme, die Stimme jener Person … Aber da waren die Raben und eine Stelle im Gedächtnis, die nach jenem Mann suchte, der am Ende des schmalen Wegs im alten Friedhof, im Nieselregen hinter dem Nebel und den Wolken verschwand. Es war vor wenigen Minuten oder vielleicht auch schon länger, ich weiß es nicht. Wie verkrümmt und verknotet ist mein Inneres. Ich höre ein erniedrigtes Wimmern und fühle in mir die tödliche

Unfähigkeit dessen, was als Vernunft bezeichnet wird. Das Klingeln des Telefons … Es war ganz kurz … Sofort brach die Verbindung wieder ab, ihre Stimme verschwand. Er hätte das Telefon zerschmettern wollen! Sie konnte nur einzelne Worte und Satzbrocken aussprechen, die in der Luft zur Staub wurden. Kann Stimme zu Materie werden, Gestalt gewinnen und erhalten bleiben? Was ist dein letzter Satz, wenn du eines Tages weißt und fühlst, dass du bereits alle Worte in deiner Muttersprache in unterschiedlicher Weise verwendet hast, um sie zu preisen? Ich hatte mit den Worten nicht gespart. Es gibt keinen Zweifel, ich liebe sie. Ein Mann kann sich im Glauben an die Liebe und im Erkennen der Wahrheit irren. Aber eine Frau … Eine Frau erkennt schnell mit ihren starken Gefühlen die Wahrheit der Liebe, und wenn sie zögert, dann nur deshalb, weil die Liebe ihr nicht genügt. Sie will mehr als die Liebe, sie verlangt dein Leben. So sind Frauen, Gheiss hat darüber lange und immer wieder nachgedacht. Eine Frau redet nicht, um nichts zu sagen, um etwas hinter den Worten zu verbergen. Sie redet nicht, um das Unausgesprochene zu sagen. Denn sie ist davon überzeugt, dass es niemand glauben würde, wenn sie es aussprechen würde. Also schweigt sie lieber trotzig, sagt aber im Verborgenen: Liebe mich. Wenn du sie liebst, sagt sie: Nein, liebe mich. Liebst du sie, sagt sie: Nein, liebe mich mehr. Liebst du sie mehr, sagte sie: Das reicht nicht, du musst mich noch viel mehr lieben. Dann sagt sie, ohne es auszusprechen: Ich will dein Leben, du musst für mich sterben. Und wenn du zustimmst und stirbst, dann fängt sie an zu klagen und kreischen, hält deinen Kopf zwischen den Händen und Knien und schreit: Ich wollte nicht, dass du stirbst, steh auf! Sobald du wieder zu atmen beginnst und sie deinen Pulsschlag mit ihren Fingern spürt, blitzt in ihren Augen ein Schein der Hoffnung, dass es dich gibt, dass du noch lebst, um für sie zu sterben. Ich bin aber nicht für sie gestorben, denn dann hätte ich meine Gefühle und ihren Anblick entbehren müssen. Das hätte ich nicht ertragen. Wie zärtlich ist doch die Liebe nach außen. Und wie grimmig nach innen. Gibt es Frauen, die im Geiste gegen die Verwandten des Mannes, den sie lieben, kein Verbrechen begehen? Ja, hinter dem leuchtenden Antlitz der Liebe ist ein Ungeheuer versteckt, das nach dem Leben anderer trachtet. Du darfst niemandem gehören außer mir. Jede Frau sagt es unausgesprochen jedem Mann, wenn sie ihn liebt.

Nur mir sagte das niemand.

»Du bist seit unserer letzten Begegnung reif geworden!«

Sie errötete, blühte auf wie ein Apfel im Sonnenlicht … Ihre Lippen, wie Rosenblätter … Nein, sie bloß als rosa zu bezeichnen, wäre schade. Denn Rosa vermittelt den Eindruck einer Beständigkeit, die Farbe einer Rosenblüte aber ist veränderlich, sie kann bleiben, wie sie ist, kann sich aber auch verändern, so wie die Farbe dieser Lippen, die sich beim Sprechen und Schweigen veränderten und doch blieben, wie sie waren. Gheiss hörte beim Anblick ihrer Lippen, auch aus Abstand, den Duft der Blüten. Oder fühlte er die Farbe?

Fegefeuer, darunter hat er sich nie etwas vorstellen können. Ist dieses traurige, ziellose Umherirren nun sein Fegefeuer? Er weiß es nicht. Er geht mit schweren Schritten über den Gehsteig. Weder verrinnt die Zeit, noch kann Gheiss dahinfließen. Er dreht sich um sich herum, kann sein Gleichgewicht kaum wahren. Kein Wunder, dass er bei dieser Verwirrung des Geistes unter Schwindel leidet. Das Wort Ekel, das der alte Mann in seinem Notizbuch oft benutzt hat, kommt Gheiss aus dem Herzen, ein Wort, das er stets verabscheute und nun … Jetzt hat es ihn heimgesucht, wie ein Zeichen des Fegefeuers. Wie traurig und schwer ist das Leben, wenn du keinen Vorwand mehr für deine Existenz hast. Noch schwerer und unerträglicher wird es, wenn andere dich beneiden, weil sie dich zu den Begnadeten zählen, in Wirklichkeit aber nichts von dir wissen, von deinem Innenleben, das eingetaucht ist in Übelkeit, Arglist und Rache. Begriffe, die du immer verabscheut hast. Rache, ja Rache, dieses Wort habe ich immer gehasst. Vielleicht habe ich bis heute noch nicht über dieses Wort nachgedacht – nicht einmal in Bezug auf Gesellschaftsklassen – und merkte nicht, dass es ein Wort ist wie Schmutz und Eiter. Aber jetzt wächst das Wort in meinem Herzen. Warum? Und gegen wen?

Er weiß es nicht. Wenn der Skorpion mit Feuer umringt wird, sticht er sich selbst mit seinem bogenförmigen Schwanz und tötet sich mit seinem eigenen Gift. Verwandelt sich Gheiss jetzt in einen Skorpion? Gegen wen will er Rache üben? Einst bot er der ganzen Welt die Stirn, doch nun sieht er nur noch Schläge des Schicksals, Brutalität und Gift, das verstreut wurde über die Welt, die er geliebt hatte. Und Gift in den Menschen, die ihn in diese Lage getrieben hatten. Plötzlich an der Schwelle des Todes, hält er inne, schaut auf die Stadt, auf diesen Erdteil, der so viele umbarmherzige Verletzungen hinnahm im Namen der Liebe. Auf den Straßen und Gassen fließt Blut. Er hört im Wahn das Zischen der Kugeln und dumpfe Klagerufe in all den verschiedenen Mundarten, die er aus seinem Gedächtnis kennt. Verdutzt und wortlos bewegt er sich fort, aber wohin?

»Wo ist er jetzt?«

»Vater? Ich weiß es nicht. Niemand kann es wissen.«

Ich sagte, dies sei das Schicksal von Männern, die bis zu ihrem Lebensende ihren Stolz wahren und jenen Werten treu bleiben wollen, an die sie geglaubt haben. Ich habe undeutlich und schwer verständlich gesprochen, aber sie hörte es. Selbst wenn sie nur ein, zwei Worte gehört hätte, hätte sie den ganzen Satz vervollständigen können. Sie kannte den Ton und die mitschwingenden Gefühle meiner Stimme, auch meine Meinung über den Mann, den ich sehr liebte und der mir wichtig und teuer war. Aber sie …

»Wo ist jetzt sein Hut, wo sind seine Schuhe … und sein Gehstock?«

»Die sind noch da.«

»Immer wenn ich ihn sah, glänzten seine schwarzen Schuhe, so wie die Schuhe meines Vaters.«

»Ja, so war es. Er war immer korrekt gekleidet. Er versäumte nie, zweimal in der Woche zu baden.«

»Was ist mit seinen Badeutensilien? Habt ihr nach seinen persönlichen Sachen geschaut?«

»Nein, nein. Wieso bin ich nicht darauf gekommen!«

»Was ist zum Beispiel mit seinem Gehstock? Wo ist er? Weißt du, wo er ihn aufbewahrt hat?«

»Nein. Seine Socken und Unterwäsche hat er immer selbst gewaschen. Er ließ es nie zu, dass wir sie für ihn waschen. Sein Rasiermesser war alt, so wie die Messer, die früher die Friseure benutzten. Nach dem Rasieren wusch er immer den Rasierpinsel, die Rasierklinge und die Seifenschale und legte sie in eine kleine Blechdose auf den Sims. Zum Friseur ging er nicht öfter als zwei, drei Mal im Jahr, um die Nackenhaare und die Haare um die Ohren schneiden zu lassen. Er setzte sich oft in den kleinen Park in der Nähe unseres Hauses. Bevor die Nachbarn die Geräusche aus unserem Haus gehört hatten, zollten sie ihm Achtung, sogar in hohem Maße. Danach zog er es vor, nicht gesehen zu werden. Er wollte niemanden in die Augen schauen und hatte es natürlich auch nicht gerne, dass andere ihn sahen. In letzter Zeit konnte er auf einem Auge schlecht sehen. Aber er wollte keine Brille tragen.«

»Glaubst du nicht, dass er irgendwie misstrauisch oder, wie soll ich sagen, zweifelnd und skeptisch geworden war dem Leben, den Menschen gegenüber, sogar zu seinen Nächsten?«

»Ich weiß es nicht. Ich weiß nur, dass er stolz war, sehr stolz.«

»Genau. Darum frage ich. Wurde nicht der Stolz durch Hass ersetzt? Wie soll ich sagen – war der Stolz nicht mit Hass vermischt? Menschen wie er sind so schwer zu durchschauen. Du bist noch jung – aber ich könnte das begreifen. Das Leben solcher Menschen beginnt mit Einsatz und Aufopferung für andere, vielleicht für Menschen, die derselben Klasse angehören. Im Laufe der Zeit teilen sie sich in zwei Gruppen. Die erste Gruppe besteht aus Gaunern, die den Weg der Heuchelei und Betrügerei einschlagen. Die andere Gruppe bleibt den eigenen Ideen und Idealen treu. Vater Senemar gehörte der zweiten Gruppe an. Er war, wie ich hörte, bis zuletzt bestrebt, anderen zu helfen. Eine solche Einstellung ist wie eine Flut, die überall um sich greift und auch nicht vor dem eigenen Haus Halt macht. Einem solchen Menschen gegenüber fühlen sich andere erniedrigt. Sie kritisieren sogar, dass er sie so erzogen hat. Denn er hat seine Kinder gewarnt vor Lügen, Intrigen, Schurkereien und davor, dass sie nach Hab und Gut anderer Menschen schielen. So ist es durchaus möglich, dass seine Kinder gegen ihn rebellieren, nicht nur innerlich, sondern auch offen, weil er ihnen nicht erlaubt hat, so zu werden wie andere.«

»Selbst der Zusammenbruch der Sowjetunion konnte seinen Willen nicht brechen. Ich hatte gedacht, das würde ihn niederdrücken. Aber nein, es ließ ihn unberührt. Ich weiß nicht, was er darüber dachte, denn er redete nicht. An seinem Verhalten konnte man keine Änderung feststellen. Jeden Abend schaltete er pünktlich das Radio ein und hörte den Moskauer Rundfunk.«

»Und die Geräusche?«

»Er kümmerte sich nicht um die Nachbarn, hörte laut Radio.«

»Und jetzt? Was ist mit seinen Freunden und Genossen?«

»Es gab niemanden, nie war jemand bei ihm, schon seit Langem nicht, vielleicht seit meinem elften Lebensjahr.«

»Hört man immer noch sein Radio an diesen Abenden?«

»Ich höre es, wenn ich früh genug zu Hause bin.«

»Wann hast du es zuletzt gehört?«

»Genau weiß ich es nicht. Aber sein Hut .... Sein Hut hing an der Wand, als er meinen Namen rief. Zuerst wollte ich es nicht glauben. Aber er rief zweimal. Ich bin hinaufgegangen und bin vor der Tür seines Zimmers stehen geblieben. Ich hatte keine Angst. Aber ich zitterte, stand wie festgenagelt und stumm. Ich konnte nicht sprechen und ihn fragen, ob er nach mir gerufen habe. Nein, das konnte ich nicht. Ich schaltete nur das Licht im Flur ein, denn es war sehr dunkel, lehnte mich an die Wand und legte meine Hände auf das Gesicht. Warum hatte ich plötzlich Angst! Ich stand doch nicht vor der Tür des Leichenwaschraums! Ich war auch nicht alleine. Die anderen waren unten im Parterre. Warum fürchtete ich mich? Wenn der Vater etwas haben wollte, rief er immer nach mir. Jetzt hatte er nichts anderes getan. Aber warum wagte ich es nicht, sein Zimmer zu betreten? Es war seine Stimme, die sagte, komm herein. Ich ging hinein. Ängstlich überschritt ich die Türschwelle, aber meine Augen hielt ich geschlossen. Ich hörte, wie er sagte: ›Schalt das Licht ein!‹ Der Schalter war neben meiner Schulter. Ich schaltete das Licht ein. Aber im Zimmer wurde es nicht hell. Ich bekam noch mehr Angst, dachte nicht daran, dass die Glühbirne ausgebrannt sein könnte. Ich betätigte noch einmal den Schalter, natürlich ohne Erfolg. Ich wollte nach unten gehen und eine Petroleumlampe oder eine Taschenlampe holen, aber ich konnte nicht. Es gelang mir auch nicht, Fesseh zu rufen. Eigentlich ist der Herbst keine Jahreszeit, in der man friert. Aber ich zitterte am ganzen Körper. Ich glaube, auch meine Zähne klapperten. Die Anrede ›lieber Vater‹, die ich ständig im Mund führte, kam mir nicht mehr über die Zunge. Was hätte ich tun sollen? Wovor hatte ich Angst? Ich wollte doch nicht etwas stehlen. Ich hörte, wie er sagte: ›Komm näher, noch näher ans Bett, reiß die Naht des Kissenüberzugs auf und greif in die Baumwollfüllung … Nimm es!‹

Ich öffnete die Naht des Kissenbezugs, fasste in die Baumwollfüllung und fand ein Notizbuch aus Altpapier. Ich nahm es, hielt es zwischen meinen Händen und drückte es an meine Brust. Ich musste ständig blinzeln, wie ein Nervenkranker. Ich wollte ihn sehen, wenigstens das Leuchten seiner Wangen. Aber es war nicht möglich. An jenem Abend war es besonders dunkel. Vieles lag mir auf der Zunge, aber ich brachte kein Wort heraus. Ich hatte noch alles im Gedächtnis: wie er schlief, wie er wach auf dem Bett lag. Ich dachte, wenn er linksseitig mit dem Gesicht zur Wand lag, die Hände auf der Brust überkreuzt und die Knie zum Bauch gezogen, müsste ich immer noch seine linke Wange sehen können. Denn ich wusste, dass er beim Schlafen die Bettdecke nie über den Kopf zog. Er achtete darauf, dass seine Lungen keinen Schaden nahmen. Er rauchte nie, und niemand durfte in seiner Anwesenheit rauchen. Ob im Sommer oder im Winter, er schlief immer bei offenem Fenster.

Ich stand neben seinem Bett, hielt das Notizbuch, das mit einem Tuch zugeknotet war, zwischen den Händen und drückte es gegen meine Brust. Ich war zu nichts fähig, nicht einmal dazu, rückwärts zu gehen und das Zimmer zu verlassen, geschweige denn dazu, mit einer Hand zu versuchen, langsam tastend dahin zu gelangen, wo der Vater vermutlich seinen Kopf auf das Kissen gelegt hatte und eingeschlafen war. Aber ich konnte meine Hand nicht bewegen. Allein in meiner Fantasie berührte ich seinen Kopf, seine Schulter. Mehr nicht. Jetzt musste ich den Willen aufbringen, meine Hand zu bewegen, was mir vielleicht gelungen wäre, hätte ich nicht plötzlich seine Stimme gehört. Er sagte im Befehlston: ›Geh, geh jetzt!‹ Erst jetzt fiel mir auf, dass auch der Treppengang so dunkel war wie im Grab. Denn auch die Glühbirne auf der Zwischenstufe über dem Spiegel und dem Waschbecken war ausgebrannt.«

Vielleicht braucht man nicht alles selbst erlebt zu haben, um darüber eine Meinung zu äußern. Insbesondere über den Tod könnte man sonst gar nichts sagen. Ich jedenfalls bin überzeugt: Solange man dem Leben nicht den Rücken gekehrt hat, wird man vom Tod nicht besiegt. Ohne eine Absage an das Leben wird der Tod keinen Weg finden, um es auszulöschen. Das traf gewiss auch auf den alten Mann zu, den ich gut gekannt habe. Er hatte allem, was sein Leben ausmachte, eine Absage erteilt; allerdings allmählich und im Laufe von Jahrzehnten. Sein Einsatz für die Geschicke seiner Heimat hatte sein Leben überstrahlt. Senemar hatte bis zuletzt mit Hingabe sowohl den Massen, an die er glaubte, als auch seinem rastlosen Gewissen gegenüber seine Pflichten erfüllt.

Doch nach der Rückkehr von seiner letzten Reise hatte er alles Nötige besorgt und in ein Bündel gelegt: Personalausweis, Grundbrief für das Haus, ein dreizeiliges Testament, in dem er zwei Personen bedachten, denen er eine geringe Summe schuldete, sein altes Sparbuch, ein Bündel Geldscheine für die Rückzahlung der Schulden, den Kauf eines Grabs und die Kosten der Bestattung und ein Notizbuch aus Altpapier. In dem Testament hatte er auch festgelegt, dass nicht die Erben insgesamt, sondern nur das jüngste Kind berechtigt sei, fehlende Beträge aus dem Sparbuch zu entnehmen. Es wurde vermutet, dass Senemar keine Trauerfeiern wünschte. Das für eine Feier nötige Geld sollte unter Bedürftigen verteilt werden. Er hatte es auch nicht für nötig gehalten, andere zu bitten, ihn zu segnen oder für ihn um Erbarmen zu bitten, denn sein Leben zeugte davon, dass er gegen niemanden schuldig geworden war. Somit würde sein Leichnam niemandem Probleme machen. Ihm war die Vorstellung zuwider, dass Menschen, die er hasste, seinen Sarg auf den Schultern tragen könnten. Daher hatte er seinen Tod so geregelt, dass niemand seinen Körper zu berühren brauchte. So haben zuletzt die Neugierigen nicht einmal herausbekommen, wie der Mann aus dem Leben schied. Seine Großmut war wie ein Brandmal auf der Seele jener, die unbedingt den Tod eines geliebten oder anderen Menschen mit Wehklagen begleiten. Senemar, der nicht an die Existenz der Seele im Körper glaubte, hatte sich auf wundersame Weise beim Überschreiten der Schwelle des Todes in einen Geist verwandelt.

»Er hat in seinem Testament auch den Ort seines Grabes festgelegt. Von seiner persönlichen Habe hatte er allein einen Ring, den ich sehr mochte, in das Bündel gelegt, aber nicht bestimmt, wer unter seinen Kindern ihn erben sollte. Der Brauch ist, wie ich gehört habe, dass der Ring, der Rosenkranz und der Gehstock dem ältesten Kind zukommen, falls es männlich ist. Aber ich liebte den Ring.«

»Kommt er immer noch abends nicht nach Haus? Hört man immer noch nicht das Geräusch der Tür, seine Schritte und sein Radio?«

»Doch, doch … An manchen Abenden höre ich ihn. Aber ich vermute, dass er in einer Gaststätte übernachtet. Ich habe mich zwar schon erkundigt, aber ich muss mir einen ganzen Tag freinehmen und von morgens bis in die Nacht hinein überall, wo ich ihn vermute, nach ihm suchen. Ich bin die Einzige, die ihn finden könnte. Außer mir lässt er sich auf niemanden ein. Wie ich meinen Vater kenne, hat er, selbst wenn er in einem Gasthaus übernachtet, mit dem Wirt vereinbart, niemandem seine Anwesenheit zu verraten. Ich dachte, ich könnte ihm einen Brief schreiben, den Brief in einen Umschlag stecken, seinen Namen daraufschreiben, auch meinen Namen, und den Umschlag an verschiedene Gaststätten, Teehäuser, Bäder und einige Angestellte, die für die Reinigung der Parks zuständig sind, adressieren. Er wird nicht weit entfernt sein. Er ist auch nicht der Typ, um in ein Altersheim zu gehen. Ich muss ihn suchen.«

»In welchem Bereich des Friedhofs liegt er?«

Alle sind schwarz gekleidet und stehen um ein Einzelbett herum, auf dem niemand liegt. Er sitzt weder auf dem Bettrand, noch liegt er auf dem Bett. Was zu sehen ist, sind nur Anzeichen, eingetaucht im Nebel der Vorstellung: ein Paar schwarze, glänzende Schuhe, eine gebügelte Hose, ein alter Ledergürtel, ein weißer Hemdkragen und ein grauer Hut. Wenn du minutenlang genau in die Kaffeetasse schaust, nicht blinzelst und die Person bist, die allein im Café sitzt, wirst du in dem Rest des Kaffees nichts anderes sehen als diese Dinge.

Er ist immer noch nicht gekommen!

Warum gelingt es mir nicht, aufzustehen und hinauszugehen, die Straße zu überqueren, zu der Pension zu gehen, meinen Reisepass auf die Theke zu legen und den Concierge zu bitten, mir für eine Nacht ein Zimmer zu geben? Es ist mir gleichgültig, wie das Zimmer aussieht, es kann so groß sein wie ein Sarg. Entscheidend ist, dass man sich darin hinlegen kann. Warum schaffe ich das nicht? Ich habe doch genug Geld, um das Zimmer zu bezahlen, sogar mehr als das.

Ich bitte den Wirt um ein Blatt Papier. Er, der sicherlich mit Neugierde mein Verhalten beobachtet, bringt mir ein paar Blätter. Ich nehme einen Füller aus meiner Brusttasche. Die Blätter aus Altpapier liegen vor mir auf dem runden Tisch, der Füller steckt zwischen meinen ungeduldigen und ein wenig zitternden Fingern. Das scheint den Füller nicht zu stören. Ich fühle, dass er gierig ist auf das trübweiße Papier, wie ein Hengst auf eine Stute. Lass mich anfangen, vielleicht gelingt es mir, etwas zu schreiben, vielleicht. Es kann durchaus sein, dass ich das Geschriebene bereue, das Blatt zerreiße und vor den trüben, aber neugierigen Augen des Wirts in den Mülleimer werfe. Oder ich werde den Satz, nachdem ich ihn geschrieben habe, durchstreichen. Es kann aber auch sein, dass die hingekritzelten Zeilen etwas von dem zum Ausdruck bringen, was mich beherrscht. Ich weiß, dass es nicht einfach ist. Nein, es ist nicht leicht, die Augenblicke und Minuten festzuhalten, die unbewusst im Gedächtnis vorbeiziehen. Vor allem, weil sie nicht gradlinig verlaufen. Sie haben überhaupt keine Richtung. Es ist nicht nur schwer, es ist unmöglich, sie sich als geometrische Formen vorzustellen. Denn sie fühlen sich nicht an Zeit und Ort gebunden, auch nicht an Situationen und Stimmungen. Manchmal denke ich, solche Augenblicke übersteigen wie der ganze Kosmos selbst unsere Vorstellungskraft. Denn das, was in einem Augenblick im Gedächtnis existiert, was in uns farblos und vielleicht strudelförmig vorbeizieht, kann die Sprache, können all unsere Wörter nicht ausdrücken, weil sie von komplexen Phänomenen nichts verstehen.

Ja, ich befinde mich im Selbstkampf. Aber wer ist Ich und was bedeutet Mich? Ich fürchte mich vor der Unfähigkeit, mich selbst zu beschreiben, mich nur unfertig zum Ausdruck bringen zu können. Denn ich fühle, dass alle Worte der Sprache nicht ausreichen, um dieses verletzte, gebrochene Ich zu beschreiben. Ich habe mehr als ein Jahrzehnt meines Lebens damit verbracht, habe Gift und Eiter aus der Erinnerung herausgespuckt, habe Hunderte Blätter geschwärzt, doch es gelang mir nicht. Ich bin aus mir herausgetreten, wollte über mir stehen, um besser in mich einzudringen, aber ich schaffte es nicht. Nun erscheint mir schon mein eigener Schatten als unzulänglich. Jedes Mal, wenn ich gründlich und tief nachdenke, öffnen sich mir Welten, deren Ende unvorstellbar ist. Ich habe begriffen, dass ein Augenblick so wie die ganze Welt, wie der gesamte Kosmos keine Dimensionen und keine Orientierung hat, also »orientierungslos« ist, etwa so, wie Rumi es sich vorgestellt hat. Wie sollte ich also mein Ich in Worte zwingen, es bezwingen können? Wie könnte ich mein Ich fangen, in der unhaltbaren Falle der Wörter? Nein, ich werde niemals meine Seele wie in einem Spiegel mir gegenüber sehen. Es ist vergeblich, und ich darf mir eine solche nutzlose Mühe nicht aufbürden, denn ich weiß, dass kein Buch der Welt zu Ende geschrieben würde, wenn es von diesem Phänomen erzählen will. Und was nutzt das Schreiben, das Einschlagen eines Wegs, der ohne Ende ist?

Stillhalten, nicht gehen? Nein, das ist noch weniger möglich. Wie könnte man stehen bleiben, selbst wenn man gelähmt sein sollte – so wie ich jetzt unter diesem bleiernen Himmel in diesem Café, erstarrt und verfroren durch die überwältigende Stagnation im Strudel meines Innern.

Komm, mein Freund ... nimm die ungeschriebenen Blätter und bring mir wenigstens eine Tasse Tee, obwohl ich deine Antwort im Voraus kenne: Es gibt nur Kaffee. Du weißt, dass ich nichts anderes tun kann, denn ich mag keine anderen Getränke. Bring also noch eine Tasse Kaffee. Dann wird es mir weniger peinlich sein, dass ich so lange auf deinem unbequemen Stuhl sitzen muss, der zum Sitzen für nur zwanzig bis dreißig Minuten gedacht ist. Hier ist doch kein Raum für Faulenzer, es ist ein Café!

»Milk Coffee or Black Coffee?«

Völlig egal, mein Freund, völlig egal. Ich werde ohnehin nur daran nippen. Bring mir auch eine Flasche Wasser bitte. Ich habe zwar keinen Durst. Aber vielleicht braucht mein Körper Wasser, und ich habe keine Ahnung davon. Außerdem möchte ich meinen Mund spülen, denn meine Zunge schmeckt bitter, als hätte ich Schlangengift im Mund. Ich kann mir auch vorstellen, dass meine Zunge belegt ist, denn ich habe sie schon seit drei Tagen nicht mehr gebürstet. Es ist schon erstaunlich, dass ich daran denke. Ich bin fast gestorben bei meinen Irrläufen in der Wüste, unter der prallen Sonne, auf den Kieselsteinen, über Sandhügeln, hinter den Volksstämmen auf diesem traurigen Gehsteig der Wiederholungen. Das Wasser bringt Wunder, und das Verlangen danach ist ein gutes Omen.

»Nein, mein Freund. Der Füller schreibt, nur ich mag nicht schreiben. Hab Dank. Behalte den Stift bei dir, du brauchst ihn mehr als ich. Nur Wasser, eine Flasche Wasser, sonst nichts!«

Wasser, Wasser, wie durstig ich war. Bring noch eine Flasche, ja, mit einem Glas. Das ist angenehmer. Ich würde gerne das gluckernde Wasser trinken, wenn es gegossen wird in die türkisfarbene Schale aus Neischabur. Ich möchte die Brise spüren, wenn sie die Blätter der erhabenen Weide in der Ebene zum Tanzen bringt. Ich möchte an Wasser denken, wenn ich mich auflöse in der Erinnerung an jene weite Ebene mit achtundachtzig Vierzeilern von Omar Khayyam. Türkisfarben ist der Krug und der Himmel auch, und der Wein hat schwarze Augen im Garten von Firuz. Er wirft starke Männer um, erzählt mein Meister Bolfazl. Es sind Kapuzentragende, die die Männer zum Ort der Liebe führen. Und nur dem Herrscher gelingt es, vierzehn Kelche Wein zu trinken und die Niederlage bis zum Morgengebet zu vergessen. Als einziger unter den Trinkenden ist er aufrecht geblieben. Ohne zu schwanken wäscht er sich und stellt sich zum Gebet. So, lieber Freund, war unsere Geschichte. Weißt du etwas über die Türken, über die Ghichagh-Türken, die Türken im Norden von

Khorasan und in der Wüste Gobi? Hast du etwas über unsere Wüsten gehört? Nein. Obwohl du ein Türke bist und kein Italiener, kannst du dich an deine Wurzeln nicht erinnern. Du stehst wie eine Statue an der Theke und starrst mich an. Nein, nicht wie eine Statue, wie die alten Steine, die die alten Makedonier vor ihrem Tod für ihr Grab bearbeiten ließen. Warum regst du dich nicht, warum verlässt du nicht den Fleck, auf dem du stehst? Du blinzelst nicht einmal mehr! Ich kann die Adern auf deiner Rückhand zählen. Du scheinst ein Eigenbrötler zu sein. Man sieht es dir an. Deine Kiefer und Wangen sind gespreizt, die geschlossenen Lippen sind eine horizontale Linie. Als du noch nicht geboren warst, wurde auch bei euch mit arabischen Buchstaben geschrieben, danach wurde die lateinische Schrift eingeführt. Du bist jetzt im Unterschied zu mir ein moderner Mensch. Der Abhang des Bergs Osseib und die Gegend Angharah sind aus deinem Gedächtnis gewichen. Du kaufst Fleisch, kochst und verkaufst es, aber an Schafe erinnerst du dich nicht mehr, auch nicht an das Heu. Als Beilage zum Essen nimmst du sauberen Salat und Radieschen, aber an Gras denkst du nicht. Man darf den Duft von Gras im Frühling nicht vergessen, mein Freund. Aber auch ich erinnere mich nicht mehr daran. Wann kommt hier der Frühling? Zu welcher Jahreszeit ist in deinem Lokal Frühling? Warum blinzelst du nicht? Es scheint, dass nicht einmal die Haut deines Gesichts lebt. Bist du verzweifelt über mich? Ja oder nein? Ich gehe dir auf die Nerven. Aber ich kann nichts dafür. Was soll ich tun?

Was würdest du an meiner Stelle tun? Was könntest du tun? Alles, was du mir im Laufe dieses Jahres gesagt hast, besteht aus einem einzigen Satz! Kannst du dich an den Satz erinnern? Du hast gesagt: »Du rauchst zu viel!« Weißt du es noch? Hast du es vergessen? Hier in diesem Lokal hast du es gesagt, als ich bei dir für den Zigarettenautomaten Geld wechseln wollte. Erinnerst du dich daran? Nein? Das ist erstaunlich, oder? Ist mir schwindlig, oder sind meine Augen durch Müdigkeit geschädigt? Es kann sein, dass ich die Gegenstände verzerrt sehe. Wen könnte ich fragen? Wer kann es glauben, dass jemand den Wirt eines Cafés in der Gestalt einer Wanduhr sieht? Wie könnte eine Wanduhr schmale Lippen haben, und wie könnten diese Lippen, ohne sich zu bewegen, »Off« sagen? Ja, das Café wird geschlossen. Also ist die Zeit fortgeschritten. Wie weit, weiß ich nicht. Ich weiß nur, dass ich nicht weiß, was ich hinter der verschlossenen Tür machen soll. Krrrt: das ist genau das Geräusch, auf das ich warten muss. Eine verschlossene Tür hat ohnehin etwas Trauriges an sich, obwohl die daraufgravierten und ineinandergreifenden Ringe geschmackvoll gestaltet sind.

Ich stehe hinter einer verschlossenen Tür und schaue ohne Grund in drei Richtungen: geradeaus, rechts und links. Und dann? Eine Frau radelt langsam auf ihrem Fahrrad wie Rauch an mir vorbei. Wo ich hinschaue, sehe ich geschlossene Türen mit stilvollen Verzierungen. Vielleicht dämmert es, vielleicht ist es auch schon

Abend. Es ist nicht klar. Die Straßenlaternen leuchten. Aber es ist weder dunkel noch hell. Ich habe die Jahreszeiten verloren. Ist es Herbst oder Winter? Wie ich vermute, dürfte es weder Frühling noch Sommer sein. Ich vermute ständig etwas und weiß nicht, warum ich immerzu Vermutungen anstellen muss. Das spielt aber keine Rolle. Für mich, der hinter einer verschlossenen Tür wartet, auf einem Fuß steht und den anderen Fuß in den Metallring der Tür gelegt hat, spielt es keine Rolle, ob es Herbst ist oder Winter. Das Wetter ist erträglich, obwohl es für jemanden, der mehr an das Klima der Wüste gewohnt ist, doch zu kalt ist. Wenn es noch kälter werden sollte, habe ich den schweren Regenmantel dabei. Wozu sonst habe ich ihn so lange mitgeschleppt? Irgendwann wird er mir nützlich sein. Die Lichter über dem Eingang der Pension leuchten. Ich kann sie von hier aus sehen. Sogar hinter einigen Fenstern brennt Licht. Vielleicht könnte ich, wenn ich genauer hinschauen würde, die Schatten der Leute hinter den dünnen Vorhängen sehen. Aber es fällt mir nicht ein, zum Eingang der Pension hinüberzugehen. Warum denke ich nicht darüber nach? Selbst so etwas Leichtes scheint mir undurchführbar. Das tun doch alle Reisende der Welt, warum nicht ich? Warum lässt mich dieser tückische Wahn nicht in Ruhe? Es ist eine Krankheit. Das weiß ich. Man gerät ins Spinnennetz seiner Gedanken und Erfahrungen. Aber jetzt … Was ist, wenn Assef nicht bald kommt?

Alle sind in Schwarz gekleidet und stehen um das Bett

herum. Sie betrachten den Mann, der nicht existiert und doch existiert. Ihre Blicke sind gerichtet auf den schwarzen und abgetragenen Ledergürtel, auf die schwarzen, glänzenden Schuhe und den alten Hut, der, wenn man auf dem Rücken liegt, die Stirn, die Brauen bis über der Nase bedeckt. Die Schwarzgekleideten weinen nicht, und vermutlich ahnen sie nicht, dass unter dem Kissen ein Schulheft mit vierzig Blatt liegt, in dem unverständliche Notizen geschrieben stehen. Vielleicht wollte der alte Mann alle verwirren und vor den Kopf stoßen. Fast drei Jahrzehnte seines Lebens, das heißt so lang wie das Alter von Nilufar, hat er für Außenstehende ein undurchschaubares Leben geführt, sodass ihn niemand wirklich kennen und sein Dasein begreifen konnte. Seit zweimal sieben Jahren wurde er auch von seinen Parteifreunden nicht mehr besucht. Sie hatten den Umgang mit ihm abgebrochen. So reduzierte sich das, was man von ihm wusste, darauf, dass er zweimal in der Woche badete, was inzwischen auch nicht mehr geschah. Man hörte seinen Gehstock und das zweimalige Zuschlagen der Haustür am Morgen und am Abend. Es gab noch das Teehaus am nahe liegenden Platz und eine abgenutzte Sitzbank in dem kleinen, alten Park, sonst nichts. Vielleicht gab es noch die Reisen in den letzten Jahren zu seinem Geburtsort, von denen jedoch niemand etwas erfuhr. All dies schuf aber keine Klarheit über die Existenz oder Nichtexistenz des Mannes, der wie ein verschlossener Türriegel auf dem Holzbett lag oder nicht lag. Unter den Herumstehenden hielt es niemand für angebracht, den Blick auf Ardi zu richten, der heftig weinte und bedauerte, dass seine Hand nicht gebrochen oder erlahmt war, bevor er … Und bei den anderen hatte die Fassungslosigkeit alle Gefühle des Leids und der Trauer ersetzt, bis schließlich er sich bewegte und den Kreis der Schwarzgekleideten durchbrach. Plötzlich hörte man den Motor eines kleinen blauen Lieferwagens, der auf der Gasse vor dem Haus anhielt. Es war derselbe Wagen, der Senemar abholte, wann immer er sich auf die Reise zu seiner Geburtsstadt begab. Dann drückte jemand auf den Klingelknopf, Senemar lehnte sich aus dem Fenster, bewegte zum Gruß die Hand und machte sich auf den Weg nach unten. Er verließ sein Zimmer, ging vorsichtig die Treppe hinunter. Er bestieg den Wagen, setzte sich neben den Fahrer und schloss die Wagentür. Wenn jemand zu Hause war, konnte er durch das Geräusch des anfahrenden Wagens feststellen, dass Senemar sich auf eine Reise begeben hatte, die siebenmal zweimal sieben Tage dauern würde. Die Bewohner des Hauses, sogar Nilufar, hatten vermutet, dass Senemar in seiner Geburtsstadt einen nichtleiblichen älteren Verwandten hatte, der im Laufe der Zeit blind geworden war.

Nun eilten alle zu dem Fenster, das auf die Straße ging, streckten die Köpfe hinaus, in der Hoffnung, den Fahrer des Lieferwagens zu sehen, der ihnen möglicherweise über den Verbleib von Senemar Auskunft geben könnte. Doch sie wunderten sich, dass der Fahrer nicht den Wagen verließ, die Tür des Beifahrers sich öffnete und Senemar langsam und bedächtig ausstieg. Er holte den Hausschlüssel aus der Westentasche heraus, öffnete die Haustür und trat ein. Verdutzt schauten die Verwandten einander mit weit geöffneten Augen an; ihr Denkvermögen schien gelähmt, sie spitzten nur die Ohren, um Senemars Schritte auf der Treppe zu hören.

Sie konnten nicht begreifen, wie sie bei ihrer unangebrachten Versammlung in Senemars Zimmer überrumpelt wurden, wussten nicht, was sie nun tun sollten, außer sich intuitiv mit dem Rücken an die Wand zu lehnen und abzuwarten, was kommen würde.

Er trat ein, Schritt für Schritt. Ohne auf die Anwesenden zu achten, ging er auf das Bett zu, nahm das Betttuch, knotete die Ecken aneinander, nahm den leichten Gegenstand und kehrte zurück. Einer, der neben der Tür stand, konnte, während der Mann aus der Tür hinausging, aus den Augenwinkeln sehen, dass der scharfe, griffige Dolch mit dem vertrockneten Blutflecken darauf, den Meister Sarif hergestellt hatte, auf dem weißen Betttuch lag. Normalerweise hätte die Furcht, der taumelnde alte Mann könnte auf der steilen Treppe stürzen, zur schnellen Reaktion geführt. Aber jetzt … niemand konnte sich von der Stelle rühren, bis man das Geräusch der Eingangstür zum Haus hörte. Danach rannte einer die Treppen hinunter bis zur Tür, die anderen rannten zum Fenster. Diejenige, die nach unten gelaufen war, war niemand anders als Nilufar. Kein Wort ging ihr über die Lippen, ihre Augen waren voller Tränen, sodass ihr alles, was sie sah, wie von einer Nebelwand bedeckt vorkam. Folglich konnte sie nicht zur Haustür gehen und beobachten, was auf den Lieferwagen geladen wurde. Aber aus dem Fenster oben konnte man deutlich den Sarg sehen, der den ganzen Laderaum ausfüllte. Der Fahrer stieg aus, legte den Leichnam vorsichtig in den Sarg, befestigte ihn mit farbigen Bändern an den Wänden des Laderaums, schloss die Plane und die Riegel, setzte sich auf den Fahrersitz und startete den Motor. »Er kehrt zurück«, waren die Worte, die allein Mahama gehört zu haben glaubte, und sie meinte auch, dass sie selbst die Tür des Beifahrers geschlossen habe. Sie sei barfuß auf die Gasse gerannt und habe die Wagentür geschlossen. Vielleicht sei sie auch ein Stück des Weges neben dem Wagen gerannt, denn auf der schmalen und belebten Gasse habe der Lieferwagen nicht schnell fahren können. Konnte die Gasse in dieser Tageszeit belebt gewesen sein? Wie spät war es? Das müsste man Fachimeh fragen, oder besser Fesseh, denn nur sie hatte alles und jedem im Blick. Sie registriert alles in ihrem Gedächtnis.

»Fesseh, wie spät war es, um wie viel Uhr ist Vater gestorben?«

Unwillkomme Zeit.

Nilufar, mein Mondschein! … Ich habe Dich nie mit diesem Begriff in Verbindung gebracht, der häufig in den Liedern auftaucht, die die Geschichte überdauern und auf diesen Blättern aufbewahrt worden sind: Kommt her … Kommt her, ihr Stuten des Gefühls und der Begierde! Der Hengst der Vernunft taumelt und schwindelt zwischen den zehn Stuten in meiner Haut, ohne Lichtblick in dieser Unzeit zwischen Tag und Nacht. Und du … Aber wo bist du, Meister Sarif? Die alten verschlossenen Fensterläden deuten darauf hin, dass dein Geschäft für immer geschlossen bleibt. Ich versuchte, mithilfe deiner zierlich schwachen Finger, mithilfe des Dolchs, den ich bei dir bestellt hatte, aus diesem Kerker herauszukommen. Komm her, jemand, irgendeiner soll kommen, soll mir erscheinen zwischen den zehn Stuten, soll erhellen meine Augen in dieser Unzeit zwischen Tag und Nacht. Komm her, du Spender des Lichts, du gelbes Kamel, kommt her, Sonne und Mond! Jemand soll kommen, bevor der Wahn mich überwältigt und aus meinem Gaumen und meinen Augen herausfließt, während der Nacht im Mondschein, in den Weinfeldern, in der Zitadelle mit den weißen und schwarzen Mauern.

Gheiss brach in dieser Nacht zusammen und vergoss so viele Tränen wie in elf gemeinsamen Jahrtausenden.

Und ich? Seit Langem schon kann ich nicht mehr weinen, meine Tränen sind tot, so wie die Gedichte im Herzen meines anderen Ichs gestorben sind. Schmach und Schande! Hier schlafe ich, schlafe ich nicht. Ich lege mich hin, lege mich nicht hin, ich falle, nein, ich stürze und lege meinen Kopf auf diesen verdammten Koffer, der nur dafür zu gebrauchen ist. Ich binde den Schal um meinen Kopf, so wie der Trödler bei Hedayat, decke meine paar Knochen zu mit diesem schweren Regenmantel, der wie eine Bettdecke ist, ziehe die Knie in den Bauch und verkrümme mich in einer

Ecke, direkt neben den Müllcontainern. Das ist nicht tragisch. Ich habe hier oft Leute gesehen, die in ihren Schlafsäcken auf den Gehwegen oder unter den Brücken schlafen. Man nennt sie Clochards. Wie im Koma liege ich auf dem Boden, verfüge nur über so viel Bewusstsein, um meine Hand auf die Brusttasche zu legen, dahin, wo ich meinen Reisepass versteckt habe. Sonst ist mir alles gleichgültig. Es ist nicht mehr nötig, zu fragen, wer ich bin. Ich kann mich an nichts mehr erinnern, nicht einmal an ein einfaches Wort. Das dominierende Gefühl … ihr Name … höchste Schwäche … Koma! Und danach der Tod. Ohne Zweifel hat mich der Tod überwältigt. Wenn ich lebendig wäre, könnte ich ihn beschreiben. Wenn man lebt, kann man auch den Tod beschreiben. Aber dazu fehlt mir die Kraft. Ich bin ein Mann, dessen Schuhe, die am Nachmittag geputzt wurden, nicht mehr glänzen. Ich besitze auch keinen Hut mit Rand, der meine Augenbrauen bedecken könnte. Außerdem erinnere ich mich, dass ich mich seitlich hingelegt hatte, wie der Embryo im Mutterleib und nicht auf dem Rücken, wie jener aufrechte und harte Mann. Mein Ledergürtel …. Nein, kein Auge ist in der Lage, meinen Ledergürtel zu sehen. Wer soll sich für meinen Ledergürtel interessieren?

Als ich herabstürzte, erinnere ich mich, war ich willenlos und völlig unfähig, einen Gedanken zu fassen. Ich war im wahrsten Sinn des Wortes niedergeschlagen. Meine Adern und Knochen waren völlig losgelöst. Wenn ich in der Lage wäre, zu denken, würde ich sagen, ich war zusammengeschmolzen. Ja, so war es. Ich war zusammengeschmolzen auf den Pflastersteinen des Gehsteigs, neben den großen, blauen Müllcontainern. Ich erinnere mich an nichts mehr, außer an das Bild schwarz gekleideter Frauen mit Schleier, die um den leblosen Körper eines Mannes einen Kreis bildeten. Vermutlich handelte es sich um den Leichnam von al-Qais Maschnun. Sie schrien und jubelten und wiederholten zwei, drei Worte in der Sprache der Steppenbewohner. Sie schlugen mit den Händen auf ihre Köpfe, zerkratzten ihre Gesichter. Das warme Blut fror auf ihren Wangen und in ihren Tränensäcken … Unter den Gesichtern, die mir völlig fremd waren und deren Herkunft ich nicht kannte, sah ich zwei dunkle Augen, so dunkel wie ein Teich nach dem Sonnenuntergang zwischen Kaschan und Meimeh, mitten in der Salzwüste. Die Dunkeläugige stieß keine Klagerufe aus, zerkratzte nicht die helle Haut ihres zierlichen Gesichts.

»Die Brille, was hast du mit der Brille gemacht? Hast du sie gebrochen, verloren oder … Was ist los … Wieso bist du derart niedergeschlagen, Gheiss?«

Die Stimme hat einen besonderen Klang, vor allem, wenn sie ruft: »Was ist los, Mann!«

Mit Mühe öffne ich die Lider und sehe ihn … schemenhaft. Wie sein Schatten steht er im Abstand eines Menschen neben mir. Ich richte mich halb auf, stütze mich mit dem Ellbogen auf den Koffer und versuche ihm in die Augen zu blicken. Ich sehe nichts. Er steht im grauen Regenmantel, trägt einen Hut und hat einen

Gehstock in der Hand. Vielleicht steht er mit dem Rücken zu mir. Ich höre, wie er sagt: »Steh auf!« Ich erhebe mich mit Mühe, kann mich auf den Beinen halten und gehe mit Regenmantel, Hut und Gehstock dem Mann nach, als befände ich mich im Wahn, und höre: »Falsch, es ist der falsche Weg … der falsche Bezirk … die falsche Straße … das falsche Haus. Du bist wieder den falschen Weg gegangen!«

Nach einer Weile schreitet Gheiss auf dem Gehsteig eine Steinmauer entlang. In den Rillen zwischen den Steinen ist Moos gewachsen. Er sieht den Mann, der in einem gewissen Abstand ihm vorausläuft. Er versucht nicht, seine Schritte zu beschleunigen oder zu verlangsamen. Der Mann betritt den Eingang des Friedhofs. Gheiss bleibt stehen. Von dort aus sieht er die dürren alten Tannen, auch die Raben, die auf den Ästen sitzen.

Ängstlich blickt er dem alten Mann nach. Er ist neugierig, welchen Weg er geht. Er hört das Geräusch seiner glänzenden Schuhe auf den Kieselsteinen. Der alte Mann geht einige Schritte weiter, geht vorbei an einem Mann, der mit gekrümmtem Rücken auf einer Bank sitzt, bleibt neben einer Steinbank stehen, hält einige Augenblicke inne. Dann setzt er sich. Ein Bein auf das andere gelegt, den Rücken ein wenig gekrümmt, holt er sein Zigarettenetui aus der Tasche heraus, zündet sich eine Zigarette an. Von seinem Hutrand steigt Rauch auf. Gheiss bleibt stehen, bis der Mann seine Zigarette ausgeraucht und den Stummel mit dem Schuh ausgelöscht hat. Er wird vermutlich einen Blick werfen auf das Nest der Raben und sich dann von der Steinbank erheben.

Der alte Mann erhebt sich, greift in die weite Tasche seines grauen Regenmantels, holt ein altes, abgegriffenes Notizheft heraus, legt die losen Blätter aufeinander, sucht einen Stein, legt das Heft auf die Steinbank und den Stein darauf. Er ist beruhigt, atmet zufrieden, geht den Kieselsteinweg entlang. Dort ist er hinter einer Nebelmasse kaum noch zu sehen, dann verschwindet er gänzlich.

Nach einigen Augenblicken würde vielleicht einer der Raben zu krächzen beginnen. Wie hätte man dieses Krächzen deuten können, als ein schlechtes oder gutes Omen? Wie auch immer, den Mann, der mit gekrümmtem Rücken auf der Steinbank saß, packt die Neugierde, er steht auf und begibt sich auf den Weg. Seine Augen bleiben geheftet auf ein altes Notizheft, das auf der Steinbank liegen geblieben ist. Darauf liegt ein Stein, damit die Blätter nicht vom Wind weggeblasen werden.

Gheiss auf dem Gehsteig, die mit Moos bewachsene Steinmauer, eine verlorene, dreistellige Hausnummer, fünf, fünf, fünf, und ein alter, antiker Dolch in der Hand von Gheiss!

Worterklärungen

Abd al-Karim Qasim 1914–1963, gehörte zu den »Freien Offizieren«, die 1958 die irakische Monarchie stürzten, und war danach bis 1963 Premierminister des Irak.

Abu Nuwas 757–815, gilt als erster urbaner Dichter der arabischen Poesie. Verfasste Liebes-, Wein-, Jagd- und Spottgedichte.

al-Mutanabbi 915–965, berühmter arabischer Dichter der Abbasidenzeit. Sein Umgang mit der arabischen Sprache beeinflusste nachhaltig alle nachfolgenden Dichter.

al-Qais Imru al-Qais bin Hujr al-Kindi, arabischer, vorislamischer Poet, Sohn des Königs der Kinda, ca. 500–525 n. Chr. Gilt als ein Begründer der arabischen Poesie. Bekannt für seine dem Leben und der Liebe zugewandte Lyrik.

al-Qais Bani Marar Vater des Dichters al-Qais, der ermordet wurde. Er war sehr streng zu seinem Sohn, verbannte ihn aus dem Haus, nachdem er zu dichten begann.

Asib-Gebirge Hinweis auf den Dichter al-Qais, der gemeinsam mit seiner Geliebten am Hang eines Bergs begraben wurde.

Firdausi Abu l-Qasem Firdausi, 940–1020, persischer Dichter und Epiker, Hauptautor des iranischen Nationalepos Schahnameh (Buch der Könige). Einer der ersten Vertreter der neupersischen Literatursprache.

Garten von Firuz Die große Gartenanlage von Sultan Mahmud in Ghazni, Herrschersitz der Ghaznawiden im Osten Afghanistans.

Ghichagh-Türken Ein Türkenstamm in der Gegend von Khorasan im Nordosten Irans.

Hafis Um 1320–1389, einer der bekanntesten persischen Dichter, schrieb Liebes- und Protestlieder.

Hodjr Gehört zu der bekannten siebenköpfigen Übersetzergruppe für die arabische Sprache am Hof der Ghaznawiden.

Jahr mit der doppelten Sieben 1977, Jahr der »Kettenmorde«, bei denen einige bekannte Schriftsteller und Politiker durch den Geheimdienst ermordet wurden.

Meister Bolfazl Abolfazl Beyhaghi, 995–1077, berühmter Historiker am Hofe der Ghaznawiden. Von seinem 30-bändigen Werk sind nur sechs Bände erhalten, die bis heute die beste Quelle zur Erforschung der damaligen Verhältnisse darstellen.

Omar Khayyam 1048–1131, persischer Mathematiker, Astronom, Philosoph und Dichter.

Rumi Dschalal ad-Din Muhammad Rumi, 1207–1273, persischer Mystiker und einer der bedeutendsten persischsprachigen Dichter des Mittelalters. Von seinen Derwischen und auch späteren Anhängern wird er Maulana (Meister) genannt. Nach ihm ist der Mevlevi-Derwisch-Orden benannt.

Sadegh Hedayat Geboren 1903 in Teheran, gestorben 1951 in Paris, iranischer Schriftsteller. Sein beklemmender Roman Die blinde Eule gehört zu den wichtigsten der persischen Sprache. Hedayat lebte viele Jahre in Paris und wurde nach seinem Selbstmord auf dem Friedhof Père Lachaise begraben.

Schamlu Ahmad Schamlu, 1925–2000, gilt als wichtigster Wegbereiter der zeitgenössischen iranischen Poesie. Mehrfach belegt mit Publikationsverboten und in Haft.

Sultan Masud 998–1041, Sohn von Sultan Mahmud, dem berühmtesten Herrscher aus der türkischstämmigen Dynastie der Ghaznawiden. Mahmud gründete ein islamisches Großreich, das große Teile des heutigen Iran, Afghanistan und Indien umfasste. Sein Sohn Masud richtete das Reich zugrunde.

Tuman Iranische Währung. Ein Tuman entspricht zehn Rial.

Über Mahmud Doulatabadi

Mahmud Doulatabadi gilt als bedeutendster Vertreter der zeitgenössischen persischen Prosa. Er hat zahlreiche Erzählungen, mehrere Romane, Drehbücher und Theaterstücke, aber auch Dutzende von literaturkritischen sowie politischen Essays verfasst.

Mahmud Doulatabadi wurde 1940 im Nordosten Irans geboren. Er wuchs mit neun Geschwistern auf. Sein Vater besaß trotz seiner bescheidenen Ausbildung eine große Vorliebe für die persische Literatur. Er hatte sich vorgenommen, Doulatabadi zur geistlichen Ausbildung in die Stadt zu schicken, aber der Plan zerschlug sich, und der siebenjährige Junge blieb im Dorf. In der Grundschule des Dorfes entdeckte er den Reiz des Lesens, vor allem der allgemein verbreiteten Volksdichtungen. Sie formten Doulatabadis Einbildungskraft – die sprühende Quelle all seines künstlerischen Schaffens – ebenso sehr wie die religiösen Zeremonien, die vielen volkstümlichen Feste und Bräuche.

Als Doulatabadi dreizehn Jahre alt war, verließ er sein Heimatdorf am Rande der Wüste. Zunächst machte er sich auf den Weg nach der weit entfernten Stadt Eyvan-e Key, um als Saisonnier in den Feldern zu arbeiten, begab sich dann nach Teheran, verdiente da seinen Lebensunterhalt in einer kleinen Druckerei sowie in einem Schlachthaus, kehrte wieder zurück in sein Dorf und beabsichtigte, in Meched das Gymnasium zu beenden. Doch der Versuch scheiterte am fehlenden Geld. Abermals in Teheran, schlug er sich mit allen möglichen Arbeiten durchs Leben: Souffleur beim Theater, Billetkontrolleur im Kino, Anzeigensammler für die Tageszeitung *Keyhan*; eine andere Zeitung, der *Ettelaat*, setzte ihn fristlos, wegen »Rechtschreibfehlern«, auf die Straße. Doulatabadi hoffte, beim Theater unterzukommen, denn eigentlich hatte es ihn nach Teheran gezogen, um die Theaterakademie zu besuchen. Allerdings war die Schule für Abiturienten gedacht, und es kostete ihn alle Mühe, zugelassen zu werden. Doulatabadi hatte Glück. Er bestand die Schauspielprüfung als Bester und wurde in das Ensemble eines Theaters aufgenommen. Darüber hinaus engagierte er sich in einem Heim für Kinder und Jugendliche.

Im März 1975 fand sein Glück ein abruptes Ende: Eines Abends erschien die Polizei und holte ihn inmitten einer Vorstellung von der Bühne weg. Aus politischen Gründen verschwand er für zwei Jahre hinter Gittern.

Als Erstes wurden von ihm Erzählungen veröffentlicht, dann folgten die epischen Romane, die sein besonderes Markenzeichen werden sollten: *Kelidar* (1969 bis 1983), *Der leere Platz von Ssolutsch* (1979) und ein noch unvollendeter Zyklus *Das Leben der Alten* (drei Bände seit 1988). *Kelidar*, ein Roman von über 3000 Seiten, hat sich im Iran bislang an die 100 000 Mal verkauft – ein einzigartiges Phänomen in der iranischen Verlagslandschaft.

Doulatabadi verknüpft die poetischen Traditionen seiner Kultur mit der direkten, ungeschminkten Alltagssprache der Dörfer. Er hat die reiche, oft archaische Sprache der Geschichtenerzähler gewählt und stützt sich auf den reinen persischen Wortschatz, ohne die Worte arabischen Ursprungs. Dies ist bemerkenswert zu einer Zeit, da die Sprache unter dem prägenden, normierenden Druck der theologischen, papierenen Ausdrucksweise der gegenwärtig vorherrschenden Kultur steht.

Der Übersetzer

Bahman Nirumand, geboren 1936 in Teheran, studierte in Deutschland und promovierte 1960 über Bertolt Brecht. Im Iran war er Dozent an der Teheraner Universität, musste jedoch ins Exil gehen. Er lebt als Schriftsteller und Publizist in Berlin.

Der Colonel

Eine pechschwarze Regennacht in einer iranischen Kleinstadt, ein altes Haus. Der Colonel hängt seinen Gedanken nach. Erinnerungen stürmen auf ihn ein. An seine Jahre als hochdekorierter Offizier der Schah-Armee. An seine Kinder, die ihren eigenen Weg gingen, sich den Revolutionsgardisten angeschlossen haben und in den Krieg zogen, in die Leidenschaften der Revolution und des Todes. Durch die Gassen werden die gefallenen »Märtyrer« getragen, in der Stadt werden ihnen Denkmäler gebaut. Es herrscht Krieg – »diese giftige, fleischfressende Pflanze«. Da klopft es an die Tür. Der Colonel wird abgeführt, zur Staatsanwaltschaft …

»›Der Colonel‹ ist ein fesselndes Panorama iranischer Seelenqual, die Visionen und Albträume treibt wie dunkle exotische Blüten. Da ist etwa die kafkaeske Phantasie, da ist das beklemmende Scherbengericht über Historie, das den Roman beschliesst; und von der ersten bis zur letzten Seite die frostig – dumpfe, regenschwere Atmosphäre, die einem noch auf dem behaglichsten Lesesessel bis in die Knochen dringt. Und da ist schliesslich die zutiefst irritierende Titelfigur: despotisch und liberal, gross und engstirnig, aufrichtig und intransparent.« *Angela Schader, Neue Zürcher Zeitung*

Die alte Erde

Gholam, der Mann mit dem Motorrad und dem feuerroten Kampfhahn, ist kein Bauer wie all die andern Männer in diesem Dorf am Rande der Salzwüste. Das Verhängnis beginnt, als die schöne Witwe Gefallen an ihm findet. Auf dem Dorfplatz bei der Teestube, vor der versammelten Dorfgemeinschaft, vollzieht sich die unausweichliche Tragödie.

Kelidar

Der Stamm der Kalmischi weiß keinen Ausweg mehr. Die Herden werden von der Seuche dezimiert, die Steuereintreiber bedrängen sie, die Blutrache droht. Da ziehen die Männer und Frauen in die Berge. Weil sie sich über jedes Gesetz stellen und zu Räubern werden, beginnen die Legenden um sie zu wachsen.

Die Reise

Seit Monaten wartet Chatun auf ein Zeichen ihres Mannes, auf das versprochene Geld. Da taucht eines Tages, an Krücken, ein Mann auf. Abends steht er am Bahndamm, schaut zum Haus hinüber und wagt sich keinen Schritt näher. In der Schenke wird jedem klar: Über diesem Mann hängt ein Fluch.

Der leere Platz von Ssolutsch

Eines Morgens ist der Platz neben Mergan leer: Ihr Mann Ssolutsch hat sie und seine Familie verlassen. Mergan muss nun alleine für ihre Kinder sorgen. Aus dem kargen Leben wird ein erbarmungsloser Überlebenskampf. In eindrucksvollen Bildern schildert Doulatabadi das Auseinanderfallen der sozialen Ordnung in der nordöstlichen Wüstenregion Irans.

MONIREH BARADARAN

Erwachen aus dem Albtraum

Neun Jahre lang war Monireh Baradaran in den berüchtigten Gefängnissen von Teheran inhaftiert. Ihr Bericht geht an die Grenze dessen, was Menschen ertragen können. Sie zeichnet genaue, einfühlsame Porträts von den Frauen, ihren Mitgefangenen, und geht dem Rätsel nach, wie Menschen sich verändern, Freunde zu Feinden, »Helden« zu »Verrätern« werden. Noch in den grausamsten Augenblicken der Haft bleibt die Schilderung präzise, voller menschlicher Neugier und Verständnis, rückhaltlos auch gegenüber den eigenen Zweifeln und Schwächen.
Nach der Freilassung begann der schmerzhafte Prozess der Aufarbeitung dieser Erfahrungen. Vier Jahre dauerte es, bis das Unvorstellbare in Worte gefasst war.

SHAHRIAR MANDANIPUR

Eine iranische Liebesgeschichte zensieren

Ein iranischer Schriftsteller ist es leid, immer nur düstere Romane mit tragischem Ausgang zu schreiben. Also beginnt er eine Liebesgeschichte – ein Projekt mit Tücken. Denn wie ein mächtiger Schatten wacht Herr Petrowitsch, der Zensor, über jedes Wort und liest sogar die Gedanken des Schriftstellers zwischen den Zeilen. Also müssen Sara und Dara, das junge Paar aus Teheran, tausend Listen und Tricks ersinnen, um sich zu finden. Ihre Liebe muss sich bewähren gegen Anfeindungen und Gefahren, nicht zuletzt gegen die Verdikte des Zensors. Wird es dem Schriftsteller gelingen, die Geschichte von Sara und Dara zu einem glücklichen Ende zu bringen?
Auf der Shortlist Internationaler Literaturpreis 2010

BACHTYAR ALI

Der letzte Granatapfel

An Bord eines Bootes, das ihn zusammen mit anderen Flüchtlingen in den Westen bringen soll, erzählt Muzafari Subhdam seine Geschichte. Selbst ein hochrangiger Peschmerga, rettete er dem kurdischen Revolutionsführer einst das Leben. Er aber geriet in 21-jährige Gefangenschaft. Wieder in Freiheit, begibt er sich auf eine Reise.

CLAUDIA PIÑEIRO

Ein wenig Glück

Mary Lohan, früher Marilé Lauría, kehrt zurück nach Buenos Aires, an den Ort, von dem ein Unglück sie 20 Jahre zuvor weggetrieben hat. Zwischen herbeigesehnten Begegnungen und unverhofften Enthüllungen versteht sie, dass das Leben weder reines Schicksal noch purer Zufall ist und dass ihre Rückkehr vielleicht so etwas wie ein wenig Glück bedeutet.

LEONARDO PADURA

Neun Nächte mit Violeta

Padura macht aus Alltagsszenen der Stadt Havanna kurze, dichte Erzählungen, die oft die Tragik eines ganzen Menschenlebens erfassen. Diese Geschichten sind der erste *Carta blanca on the rocks* für alle, die Padura noch nicht kennen. Seine Leser entdecken viele neue Facetten eines vertrauten Kosmos.